D0897315

UN P'TIT GARS D'AUTREFOIS

Catalogage avant publication de Bibliothèque et Archives nationales du Québec et Bibliothèque et Archives Canada

Langlois, Michel, 1938-

 Un p'tit gars d'autrefois : l'apprentissage

 Pour les jeunes de 12 ans et plus.

 ISBN 978-2-89647-535-3

I. Titre. II. Titre : Petit gars d'autrefois.

PS8573.A581P47 2011   jC843'.6   C2011-940932-1
PS9573.A581P47 2011

Les Éditions Hurtubise bénéficient du soutien financier des institutions suivantes pour leurs activités d'édition :

– Conseil des Arts du Canada ;
– Gouvernement du Canada par l'entremise du Fonds du livre du Canada (FLC) ;
– Société de développement des entreprises culturelles du Québec (SODEC) ;
– Gouvernement du Québec par l'entremise du programme de crédit d'impôt pour l'édition de livres.

Photographie de la couverture : Nuno Silva (iStockphoto)
Maquette de la couverture : René St-Amand
Maquette intérieure et mise en pages : Martel en-tête

Copyright © 2011 Éditions Hurtubise inc.

ISBN : 978-2-89647-535-3 (version imprimée)
ISBN : 978-2-89647-584-1 (version numérique pdf)

Dépôt légal : 3e trimestre 2011
Bibliothèque et Archives nationales du Québec
Bibliothèque et Archives Canada

Diffusion-distribution au Canada :
Distribution HMH
1815, avenue De Lorimier
Montréal (Québec) H2K 3W6
www.distributionhmh.com

Diffusion-distribution en Europe :
Librairie du Québec/DNM
30, rue Gay-Lussac
75005 Paris FRANCE
www.librairieduquebec.fr

Imprimé au Canada
www.editionshurtubise.com

Michel Langlois

UN P'TIT GARS D'AUTREFOIS

L'apprentissage

Hurtubise

Nous sommes de notre enfance comme d'un pays.

Antoine de SAINT-EXUPÉRY

1

Le déménagement

Mon père a monté l'escalier. Il a dit : « Nous déménageons dans la Beauce ! » Ensuite la commère Lacharité est venue et elle a méméré : « C'est la fin de votre monde par icitte ! » C'est ben pour dire, elle venait juste d'arriver. Comment ça se fait qu'elle le savait déjà ? C'est pas pour rien qu'elle a une grande baboune, c'est plus facile pour répéter les mauvaises nouvelles.

   Une nouvelle de même, ça tue net fret sec. Quand je l'ai entendue, j'ai su tout de suite que j'allais pleurer pendant des jours et m'étendre par terre pour mourir. C'est ce que j'ai fait. Mais je suis pas mort. C'est pas facile de mourir, même quand on le veut. J'ai braillé tout ce que j'ai pu. Quand on pleure et qu'il y a quelqu'un, il faut se retenir, comme quand on a envie de pipi. Mais quand il y a personne, on peut faire ce qu'on veut. C'est ce que j'ai fait. Pas un chat s'en est rendu compte. C'est vrai qu'on a pas de chat. J'ai tant braillé que c'en était triste à voir. Il y avait personne pour regarder parce je le fais juste quand je suis tout seul. Ça se passe mieux. Pas besoin de se moucher. On peut crier, se rouler par terre, piocher, sauter, frapper des poings sur le plancher. Après, j'ai ben essayé de mourir encore, mais ç'a pas marché.

Je vas perdre mon ami Louis et notre servante Lucia avec ses tartes aux fraises, son sucre à la crème, ses « oui, cher » par-ci, ses « oui, cher » par-là, et toute et toute. Une servante, c'est une personne qui sert à toute faire. C'est pour ça qu'on dit que c'est une servante.

C'est fini le ruisseau Forget, la rivière du Gouffre, les montagnes, le fleuve pis la bonne senteur du pain frais et les grosses joues du boulanger. Des joues de même, des vraies, comme des pommes qu'on a envie de croquer, je reverrai pus jamais ça. C'est pour toute ça que j'ai pleuré.

Est-ce qu'il y aura des lutins dans la Beauce, des feux follets, Robinson Crusoë et Vendredi ? Qui me contera des histoires ? Même si je sais lire, c'est ben plus le fun quand Lucia me les raconte avec des « ah ! » et des « oh ! ». C'est ça qui m'a trotté dans la tête pendant des jours.

À matin, j'ai les yeux qui débordent et le nez qui coule. Il pleut. Le train vient de faire tchou ! tchou ! Il part. Ça brasse tranquillement. Mon père a promis de nous rejoindre à Saint-Georges avec les déménageurs. Je suis seul avec ma mère. Elle est heureuse. Elle va retrouver sa mère, son frère et ses sœurs dans le bout de Saint-Georges, parce que Saint-Georges, c'est dans la Beauce. Quand elle est de même, ma mère ferme les yeux pour prier. C'est ça qu'elle fait justement. Dans ce temps-là, elle récite son chapelet. Ses lèvres bougent en *Je vous salue Marie* ! Entre ses doigts, son chapelet se sauve grain par grain.

Quand ma mère veut quelque chose, c'est tout de suite à genoux. Elle prie vite tous les saints du ciel. Elle veut souvent quelque chose parce qu'elle prie tout le temps. Quand elle obtient ce qu'elle a demandé, elle fait brûler des lampions et s'écrie : « C'est un miracle ! » Moi, quand je veux quelque chose, j'y pense tout le temps. Pis quand ça arrive, je crie pas au miracle, je dis, comme Lucia, que c'est arrivé parce que ça devait arriver.

J'ai le cœur dans la gorge. Je fais des grimaces au paysage. Sur mes joues, c'est l'inondation. Ma mère doit pas me voir brailler dans le train. Heureusement, elle a les yeux fermés sur ses sempiternelles dévotions, comme dit mon père. Elle m'entend pas parce que je pleure tout bas. Je reste le nez collé à la fenêtre du train qui sent toute, sauf le parfum. C'est le jour le plus triste de ma vie. J'en veux au monde entier.

Nous sommes arrivés à Saint-Georges. Je me tiens à côté du corridor pour pas être dans les jambes. Il y a rien de plus fatigant que quelqu'un qui est dans les jambes. Les déménageurs font pas de gueling, guelang, ils rentrent nos affaires. Le fauteuil ressemble à un sous-marin qui flotte par-dessus le trottoir. Il coule sous la porte pis dans le corridor. Il s'échoue à sa place au salon. La grande table de chêne suit le même chemin. La voilà tout de suite entourée par les chaises. À leur tour, les autres gros meubles remplissent la place. Les boîtes font des montagnes dans les chambres. Ça va être long à placer. Le poêle avec son gros bedon est bien assis dans la cuisine. Son tuyau se sauve jusque dans la cheminée. Il me fait rire. Pas le tuyau, le poêle. Il a l'air d'un pacha. Un pacha, ça c'est quelqu'un qui est assis et qui est gras. Les déménageurs ont tout déchargé. Le camion est vide. Après le dernier voyage, ça fait ben le centième, le chef des déménageurs se frotte les mains, pis il s'en va avec le camion sur la 1re Avenue.

Notre nouvelle maison a l'air pas pire. Il y a un escalier en tirebouchon derrière. Ça veut dire qu'il tourne en montant et en descendant aussi. Il va au grenier en haut et descend en bas jusqu'à terre. Il y a aussi une plate-forme au deuxième étage qui va au hangar. Le hangar est rempli de cochonneries. Mon père les a achetées de l'ancien propriétaire. Il a mis en plus nos guenilles dedans. Mon père, il aime toutes sortes de choses. Il répète toujours que ça pourrait servir un jour, mais ça arrive jamais. Il appelle ça des « en tous les cas » ou quelque chose de même. Non, j'me trompe, c'est des « au cas où ». Ça fait rien, il paraît qu'il vaut mieux les avoir. Mon père dit que c'est sa philosophie. Je sais pas ce que c'est une philosophie, mais en tous les cas, c'est plein de cochonneries.

Ma chambre est en haut d'un côté de la maison. De l'autre côté, c'est celle de mes parents. Entre les deux, il y a les closettes. Si vous savez pas ce que c'est des closettes, c'est pas grave. C'est des toilettes, autrement dit. Je l'ai vite appris quand j'ai eu envie. Quand vous viendrez, je vous les montrerai si vous avez envie.

J'ai fouiné un peu dans la maison avant de jeter un coup d'œil dehors. J'ai tout de suite vu que nos voisins de droite ont une pharmacie et ceux de gauche un magasin de meubles. Peut-être aussi que c'est le contraire. Ça dépend de quel côté on est. J'ai décidé d'aller explorer les alentours. J'allais mettre le nez dehors, quand mon père m'a rappelé : « La pharmacie est ouverte, va chercher des *plasters* ! » Quand mon père dit fais ceci ou fais cela, je suis mieux d'obéir si je veux pas passer cent ans dans ma chambre.

Je suis entré en vitesse dans la pharmacie. Je me suis presque enfargé dans un gros monsieur en blanc. C'est le pharmacien, avec des joues pendantes et un menton comme un bouledogue. J'ai pensé qu'il allait me mordre. Mais il a peut-être pas de dents, parce qu'il m'a demandé doucement :

— Euh! Qu'est-ce que je peux faire pour toi, mon garçon?

Comme dit ma mère, je lui ai répond:

— Mon père m'envouèye acheter des *plasters*.

— Euh! Combien?

— Une douzaine, je crois.

Il est parti les chercher comme un cheval qui trotte pas vite. C'est là que je l'ai vue, sa madame, jolie comme ça se peut pas. Elle s'est approchée de moi. Ça s'est mis à sentir le lilas ou quelque chose de même. Elle a souri et a demandé:

— C'est la première fois que je te vois. Tu es nouveau par ici?

— Nous venons d'arriver. C'est nous, dans la maison d'à côté.

— Tu entends, Julien? Ce garçon est le fils de nos nouveaux voisins, il fera un bon ami pour notre Samuel.

J'ai aussitôt dit:

— Vous avez un garçon de mon âge? J'ai hâte de le connaître.

Quand je veux, je suis capable d'être aimable, poli et affable comme prétend ma mère. Affable, ça veut dire bienveillant. Quand je veux pas, je suis détestable, impoli et malveillant. Ça, c'est mon père qui le répète. Malveillant, c'est le contraire de bienveillant. Ça veut dire pas fin pantoute.

Le pharmacien m'a remis les *plasters*. C'est là que je suis devenu confus ou confondu, je sais pas trop comment dire. Mon père m'avait pas donné d'argent pour les payer !

J'ai dit tout de suite :

— Je cours chercher des sous.

— Euh ! a fait le pharmacien.

Il fait euh ! à tout bout de champ. Il a fait euh ! et ses joues ont branlé comme du Jello.

— Y'a pas le feu, mon garçon. Je l'inscrirai sur son compte.

— Vous connaissez mon père ?

— Euh ! Bien sûr ! Ton père nous livre régulièrement des médicaments. C'est moi, euh ! qui l'ai informé, il y a quelques mois, que la maison où vous restez était à vendre.

Le bouquet de lilas a ajouté :

— Comment tu t'appelles ?

J'ai répond :

— Étienne Jutras.

— Notre fils se nomme Samuel. Samuel Maheu, a précisé le lilas avec un sourire grand comme une piastre.

Je suis sorti de la pharmacie tout excité parce que je vas pouvoir avoir un premier ami dans la Beauce. J'ai remis les *plasters* à mon père. Après, j'ai senti comme un coup de masse. Ma mère appelle ça un coup de fatigue. J'ai englouti un reste de pâté à la viande et un biscuit au beurre. Engloutir, ça veut dire dévorer comme un ogre. Je me suis traîné ensuite à ma nouvelle chambre. Je me demande si j'ai seulement eu le temps de rentrer sous les draps avant de sombrer dans le sommeil du juste. Là, comme l'enseigne l'abbé Jérôme, debout dans l'ombre, se tient l'ange du jugement dernier. Il a dans les mains une horloge avec écrit sur le balancier toujours et jamais, ce qui veut dire que ceux qui meurent dans le péché brûleront toujours dans l'enfer sans jamais en sortir. Depuis que j'ai vu les fesses à Cécile, cette horloge est toujours avec moi dans ma tête pour pas que j'oublie que je suis dans le péché mortel jusqu'au cou.

2

La rencontre

Le lendemain, curieux comme je suis, me voilà parti en exploration comme Robinson Crusoë. Je cours derrière la maison. Il y a une haie de chèvrefeuille entre chez nous et la pharmacie. Si vous connaissez pas le chèvrefeuille, c'est un petit arbre qui sert pour faire des haies. Au fond de la cour, il y a quelques érables dans le bas d'une falaise pleine de fardoches. Ça, c'est toutes sortes de branches en tas, mais pas des branches qui poussent de même. C'est des branches coupées que quelqu'un a laissées là parce qu'il était trop lâche pour les mettre ailleurs que dans nos jambes.

En haut, c'est plein de maisons. J'ai vu leurs toits par la fenêtre de ma chambre. Comme j'arrive au bout de la haie, un chat noir et blanc vient se frotter contre mes jambes. Je me penche pour le flatter. J'entends des pas de l'autre côté. Je me relève. Je suis nez à nez avec le Vendredi de Robinson Crusoë en personne. Il a des grands yeux ronds comme des billes. Il paraît aussi surpris de mon apparition que moi de la sienne. Il me dépasse presque d'une tête. Je reste là comme un idiot à le regarder sans pouvoir dire un mot.

Il bégaie.

— Euh ! Euh ! C'est, c'est toi Étienne ? Mes parents m'ont dit qu'ils t'ont vu.

Je fais signe que oui.

— Euh ! Je suis Samuel.

On entend un miaulement. Il s'étire le cou par-dessus la haie. Pas le miaulement, mais Samuel. Puis il appelle.

— C'est ma chatte, qu'il dit. Je la cherchais.

Sa chatte s'appelle pas « qu'il dit ». Sa chatte, c'est Brunante. Je me penche. Je l'attrape et je lui donne. Ça suffit pour me faire revenir de ma surprise. Je lui demande :

— Pourquoi tes parents sont blancs et toi, t'es noir ?

Il répond pas tout de suite. Il baisse la tête. Il se met à frotter l'herbe du bout du pied, comme si l'herbe avait des démangeaisons. Après, comme s'il revient de la lune, il dit :

— Euh ! Ils m'ont adopté.

Je lui dis :

— Tu connais la ville, moi pas. J'aimerais la visiter avec toi.

Il sourit. Ça veut dire qu'il accepte. Quand quelqu'un sourit, c'est parce qu'il est d'accord, autrement il sourit pas, il fait sa gueule de bois, comme dit mon père.

Samuel répond :

— Je dois d'abord demander à mes parents.

Il part à la course vers la pharmacie. Je vas l'attendre en avant sur la 1re Avenue. Il revient presque aussi vite, tout énervé. Il sourit.

— Mes parents veulent.

Quand il sourit comme ça, ça fait drôle. On voit ses dents, blanches comme du lait dans de la réglisse.

J'ai de la chance, ma mère est pas encore revenue de l'église, sa place préférée. Sinon, c'est certain, je pourrais pas aller avec Samuel. Je vas avertir mon père au cas où. En voyant Samuel, il a l'air surpris. Mon père est comme ça, il a tout le temps l'air surpris. Mais avec lui au moins, les permissions viennent vite. Nous partons tout de suite.

Samuel dit :

— Euh ! Étienne, on traverse le pont ?

— O.K. ! On y va.

Il me tape sur le bras.

— Suis-moi.

Mais au lieu de traverser le pont, il dit :

— Allons ramasser quelques pierres.

Je me demande pourquoi on a besoin de pierres pour traverser le pont. C'est ben pour dire, ça doit être une habitude de par icitte. Sans attendre, Samuel se faufile comme un Sioux entre deux maisons jusqu'au bord de la rivière. Je le suis à la queue leu leu ou en file indienne. On arrive sur la grève presque sous le pont. Il se penche. Il ramasse deux grosses pierres. Il me propose d'en faire autant. Dans ce temps-là, j'obéis parce que j'ai pas le temps de comprendre. C'est comme quand ma mère me dit fais ceci ou fait cela, c'est pas le temps de discuter. Il repart tout de suite par le même chemin. Mais là, nous montons jusqu'au pont. Un trottoir le traverse d'un bout à l'autre. Samuel saute en plein milieu. Je le suis. Au mitan du pont, il s'arrête. Le mitan, mon père m'a appris ce que ça veut dire. Je trouve que c'est un plus beau mot pour dire milieu. Samuel grimpe sur le garde-fou. Il dépose ses pierres dessus. Il se penche vers la rivière.

— Regarde! dit-il avec son index en direction de la rivière.

Je grimpe à mon tour sur le bord du garde-fou, comme je l'ai vu faire. Je regarde pas avec son index, mais avec mes yeux. À l'endroit qu'il me montre, je vois une douzaine de gros poissons noirs qui bougent pas au fond de l'eau claire.

— C'est quelle sorte de poissons? Ils sont ben gros!

— Euh! Des carpes. Sont là tous les jours. Pour les faire grouiller, euh! il faut leur lancer des pierres.

Il en tire une à l'eau. Quand elle frappe la rivière, on entend un plouc. Quand elle arrive au fond, ça fait un gros nuage de vase. Les carpes se déplacent vite dans le nuage comme des boules de billard. C'est incroyable! J'imite Sam. Ma pierre fait plouc. Les carpes se sauvent. C'est le fun de voir des gros poissons lâches comme ça changer vite de place. Nous lançons nos autres pierres. Les carpes sont folles. On reste là un peu. Elles se calment. Elles ne bougent plus au fond de l'eau, comme les pierres que nous avons lancées. Il y a plus rien à voir !

Avant de continuer, Samuel me montre une île. C'est comme un navire dans le courant. Je pense aussitôt à l'île de Robinson. Mais elle est pas sauvage. Il y a plusieurs vaches dessus. Derrière l'île, la rivière disparaît. Vers où ? Je sais pas. Samuel dit que c'est vers le fleuve. Sur la rive droite de la rivière, il y a une fumée blanche dans le ciel. Je demande à Samuel :

— Cette fumée, c'est un feu ?

— Si c'était un feu, euh ! la sirène aurait crié et les pompiers seraient passés. C'est la fumée du moulin à scie à monsieur Robitaille.

Pendant que nous parlons comme ça, nous continuons à traverser le pont. Comme nous arrivons de l'autre côté, qu'est-ce que je vois ? Ma mère qui a terminé ses sempiternelles dévotions à l'église. Elle retourne à la maison et s'en vient droit vers nous. Je pousse Samuel.

— Marche devant moi, je veux pas qu'elle me voie.

Tout ça pour rien, elle m'a déjà vu. Il y a rien comme une mère pour tout voir. Pour moi, elles ont des yeux cachés dans le dos.

— Étienne ! Qui t'a permis d'aller si loin de la maison ?

— C'est p'pa et je suis avec Samuel.

Elle s'occupe pas de lui. Elle pense trop à son enquête. Quand ma mère fait une enquête, je suis mieux de me tenir le corps dret et les oreilles molles.

— Où est-ce que vous allez comme ça ?

Je sais que si je réponds pas comme il faut, c'est fini. Va falloir que je retourne à la maison avec elle.

— Nous allons à l'église.

Elle hésite un peu. C'est bon signe parce que c'est rare. Ça veut dire que j'ai touché sa corde sensible. Je sais pas ce que c'est cette corde-là. Mais un jour, je vas la trouver, c'est trop commode.

— C'est très bien. Mais je te défends de t'attarder. Cet après-midi nous allons t'inscrire à l'école pour le mois de septembre.

Nous continuons. De l'autre côté du pont, il y a un rond-point en face de l'église. Un rond-point, c'est un chemin qui fait le tour, pas de l'église, mais d'un rond devant. L'église, c'est un immense bâtiment de pierres grises avec deux clochers. Elle s'élève sur une butte en face du pont, comme à Baie-Saint-Paul. C'est pour être plus haute que les autres maisons et pour rappeler à toute la ville, comme dit ma mère, que Dieu passe avant tout. Même si, au cas où maman se retournerait, c'est vers là que va Samuel, je suis sûr qu'il a autre chose derrière la tête. J'ai remarqué que ce qu'on a derrière la tête est toujours plus intéressant que ce qu'on a devant.

Samuel me dit :

— Sais-tu ce qu'il y a tout près d'ici ?

— Comment tu veux que je le sache, Samuel ? C'est la première fois que je viens.

— Euh ! C'est vrai. Le poste des pompiers.

— Vraiment !

Il galope vite comme les chevaux le font. J'ai de la misère à le suivre. Nous nous collons le nez à la vitre de la grande porte du poste. Nous pouvons examiner les camions rouges des pompiers à notre goût. Pendant que je suis pâmé sur leur grosseur, Samuel me dit :

— Appelle-moi Sam.

— Parce que tout le monde t'appelle Sam ?

— Non. Y'en a qui disent le nègre. J'te promets qu'un jour je vas les tuer. Euh ! Si tu veux rester mon ami, m'appelle jamais de même.

Je le regarde. Il a une grosse larme sur sa joue. Il pleure rien que parce qu'il y en a qui lui disent le nègre. C'est pas croyable ! Je lui demande :

— Où es-tu venu au monde ?

— Euh ! Aux États.

— Tes vrais parents t'ont abandonné ?

— Non, ils sont morts dans un accident de train.

Ça, c'est une réponse qui fait que tu te fermes le clapet, comme dit mon père, et pour un petit bout de temps. Après le petit bout de temps, je lui pose une autre question :

— C'est pour ça que monsieur et madame Maheu t'ont adopté ?

— Euh! Oui. Ma mère était une cousine de mon nouveau père. C'est eux autres qui me gardent, astheure.

Après avoir traîné encore du côté du poste des pompiers, on part. Sam tient pas en place longtemps. Il crie: « Suis-moi! » Nous passons près du presbytère. Un presbytère, c'est toujours une grosse bâtisse, que c'en est épouvantable, avec deux étages, des pierres grises, une toiture verte en pente comme un chapeau de clown, une grande galerie couverte sur laquelle le curé ou le vicaire se promène et une entrée par les deux bouts. Mais là, il y a pas de curé ni de vicaire. Ils doivent se promener ailleurs. Sam part au grand galop. Il fait une de ces courses sur la galerie pis disparaît de l'autre côté de la bâtisse. Quand je passe à mon tour devant l'entrée du presbytère, une femme au derrière large comme un devant d'autobus ouvre la porte.

— C'est toi qui as sonné?

— Non, madame. Je vous jure.

La femme déboule sur la galerie. Je recule. J'ai peur qu'elle se mette à rouler. Elle jette un coup d'œil à gauche et un autre à droite.

— Tu ne serais pas un peu menteur? Ça vient de sonner et il n'y a que toi dans les parages. Faut-il que tu sois malfaisant, grossier, vaurien! Disparais avant que j'appelle monsieur le curé.

Pendant son sermon, la femme fait des grands gestes de désespérée. Du coin de l'œil – je sais pas si un œil a un coin, mais il paraît que c'est de même qu'il faut dire – j'aperçois Sam près du mur au bout de la galerie. Comme un singe, il l'imite si bien que c'en est pareil. Pour pas rire au nez de la commère, je poursuis mon chemin. Pendant ce temps-là, elle continue sa litanie, les deux bras en l'air, étouffée par sa colère. Je me dis : « Qu'elle crève, la vieille chipie ! » Puis je m'en veux de penser de même. Je promets de m'en confesser. Mais je sais très bien que je tiendrai pas ma promesse. Pensez-vous que je suis fou ? Comment je pourrais dire au curé que j'ai ri de sa ménagère ? Une ménagère, c'est la femme qui fait le ménage, la cuisine, le lavage et tout le tralala, parce que le curé est pas capable de le faire tout seul.

Quand j'arrive sur la route, Sam réapparaît en faisant des grimaces :

— Euh ! J't'ai bien eu ! J't'ai bien eu !

Je l'examine. Il ressemble à un cheval rétif qui s'envouèye d'un bord à l'autre. C'est si comique que j'éclate de rire.

— Es-tu toujours comme ça ?

— Euh ! Comment ?

— T'arrêtes pas une seconde.

Il me regarde avec un air sérieux comme la plupart du monde et dit :

— Euh ! Tu sais pas ? J'ai la peau noire. Il faut pas que je rouille !

Il passe son bras autour de mon cou. Ça, c'est un vrai ami. Il m'entraîne près de la rivière dans un chemin de terre qui tourne comme un serpent. On est dans une plaine verte avec un tas de petits arbres. Je l'ai appris plus tard, on les appelle des aulnes et des vinaigriers. Ça sent la terre fraîche. Les maisons disparaissent une par une. Nous sortons de la ville. Je m'inquiète :

— Je t'avais demandé de me faire visiter la ville. Où allons-nous ?

— À l'O.T.J.

— C'est quoi l'O.T.J. ?

— L'Œuvre des terrains de jeu de la paroisse.

La route bifurque. Ça, c'est un beau mot ! Ça veut dire tourne. J'me souviens pas qui m'a déjà dit ça, mais c'est beau pareil. Donc, la route bifurque. Elle s'éloigne de la rivière, pis s'en va dans le bois. Je vois une cabane avec un capuchon par-dessus.

— Sam ! Allons à cette cabane !

— Euh ! La cabane à sucre ? Pourquoi ? Ça donne rien, elle est fermée.

C'est donc ça, une cabane à sucre. C'est la première fois que j'en vois une. Pendant que nous parlons, j'aperçois au loin, à travers une touffe d'arbres, une bâtisse rouge comme du sang de bœuf. Je demande à Sam :

— C'est quoi ? Une étable ?

Il rit et se tape sur les cuisses. Quand il rit de même, il ferme les yeux. Sa face noire avec ses dents blanches me fait penser à un gâteau Jos Louis quand on commence à le manger. Il est vraiment comique.

— C'est quoi ?

— Le pont couvert.

— Un pont ?

C'est la première fois que je vois un pont pareil, tout en bois avec un toit. On dirait qu'en dessous, la rivière s'est endormie. Dedans le pont, sur les poutres des murs, il y a des cœurs transpercés par une flèche. Un cœur transpercé par une flèche, c'est ben pour dire, ça veut dire qu'une personne en aime une autre. C'est marqué : Joseph, avec un cœur transpercé par une flèche et à l'autre bout de la flèche, Élisabeth. Il y a aussi Germain et Claudia, Gabriel et Estelle. Ça, c'est des gens qui sont venus sur le pont avant nous autres. Ils ont écrit qu'ils s'aiment avec des flèches comme les Indiens.

Il y a aussi des dates marquées dans le bois. Là, c'est des personnes qui ont traversé le pont. Elles ont pas pu s'empêcher de l'écrire. Il y en a comme ça, qui aiment laisser leur nom partout. Comme dirait mon père, on pourrait les suivre à la trace. Pendant que j'examine ces flèches, mon ami Sam s'installe sans gêne près du garde-fou pour pisser dans la rivière. Ça répond à la question que je me pose sur lui et sur Vendredi. Il est noir de partout.

De l'autre côté du pont couvert, c'est le chemin du terrain de jeu. Des bâtiments qu'on appelle des baraques, comme je l'ai su, sont construits au bord de la rivière sous de grands pins géants. Ça sent la résine. Ça sent tellement qu'on viendrait icitte les yeux fermés et on saurait qu'on y est. C'est pas croyable ! Il y a aussi un barrage. Juste après, l'eau de la rivière forme un lac.

— C'est là qu'on se baigne durant l'été. Sais-tu nager ?

— Non !

Sam me regarde avec des yeux pleins de fierté. Ça veut dire des yeux qui brillent.

— Euh ! Je te montrerai.

Lui aussi, il dit euh ! comme son père. Ça doit avoir déteint sur lui, comme dirait ma mère. J'ai déjà hâte de revenir pour apprendre à nager. Nous flânons un moment autour du lac, du champ de balle et des bâtiments du terrain de jeu. Tout à coup, je vois une boîte rouge près du mur de la chapelle.

— Sam ! C'est quoi ?

— Euh ! L'alarme pour les pompiers.

— Comment elle marche ?

— Tu tires sur la poignée et ça sonne au poste. T'es pas *game* d'essayer !

Moi, quand on me met au défi, je le fais. Je me dis : « Sam va être surpris. » Je tire sur la poignée de l'alarme. Quelques secondes plus tard, la sirène des pompiers se met à hurler. Impressionné par la sirène et tout le tralala, je caille sur place. Ça veut dire que je reste là comme un idiot. Sam se met à courir à toute vitesse vers la route. Je suis bien obligé de le suivre. Il s'arrête seulement de l'autre côté du pont couvert. Quand il est certain que je suis derrière lui, il grimpe sur la falaise en haut de la rivière. Je suis tout essoufflé. Je le rejoins, il dit :

— Es-tu fou? Si les pompiers nous voient, c'est la prison!

Cachés près d'un rocher, nous voyons arriver un nuage de poussière. Dedans, il y a la voiture blanche du chef des pompiers, sa sirène au boute. Il y a ensuite un long camion rouge feu. C'est le camion-pompe. Quand il passe sur le pont couvert, sa sirène gronde comme un ours. Et quand il sort de l'autre côté, elle se lamente comme un loup. J'en ai entendu un, une fois, à Baie-Saint-Paul. Un loup, ça crie mal : ou-ou-ou-ou. Le camion à grande échelle passe lui aussi sur le pont couvert. Le camion-pompe tourne brusquement sur le chemin du terrain de jeu. Celui à grande échelle le suit, comme deux écureuils qui se courent après. Derrière le grande échelle, il y a une plate-forme avec un volant et un pompier qui se démène comme une marionnette folle pour faire tourner les roues d'en arrière. Nous voilà, Sam et moi, pâmés de rire. On est crampés.

Quand on reprend notre souffle, Sam fait :

— Ouf! On est sauvés.

Il se lève aussitôt et part le long de la rivière. C'est à la course que nous revenons à la maison dans un sentier sous les arbres. Il arrive comme par magie à quelques pieds du pont et de l'église. De la magie, c'est quand quelque chose apparaît et disparaît tellement vite que tu sais pas comment ça se fait. Ça prend quelques minutes pour marcher entre le terrain de jeu et l'église. Je commence à aimer Saint-Georges. Surtout, j'ai un nouvel ami. Dès que j'arrive à la maison, ma mère me demande :

— Tu as aimé ta visite à l'église ?

— Ah, oui ! Beaucoup.

— As-tu remarqué quelque chose de spécial ?

— Quelque chose de spécial…

— Oui ! la statue.

— La statue ? Quelle statue ?

— Celle de saint Georges vainqueur du dragon. As-tu seulement été à l'église ?

Je suis obligé de dire que nous voulions y aller, mais que nous avons pas eu le temps. Ma mère est furieuse. Elle décide :

— En allant t'inscrire à l'école cet après-midi, nous nous y arrêterons pour une heure d'adoration. Comme ça, tu auras tout le temps nécessaire pour voir le premier endroit où il faut aller quand on arrive dans une nouvelle ville : l'église.

Je le savais donc, que je le savais donc ! J'aurais ben dû aller à l'église.

3

La grand-mère

Voilà que mon oncle Joseph-Antoine, le frère de ma mère, arrive chez nous comme un voleur. Il a une grande face, un grand nez, un grand menton, des grands bras, des grands doigts mais des p'tites jambes. Ça fait qu'il est drôle à voir. Il a un hôtel pas trop loin. Sa visite, c'est une surprise de ma mère. Il vient nous chercher parce que ma grand-mère veut nous voir. Ma mère vient de par icitte. Elle m'a toute conté. Grand-père Marleau avait un hôtel où mon père allait coucher après son travail. C'est là qu'il a fait connaissance avec ma mère et ça a fini par un mariage. Après les noces, ils ont déménagé dans Portneuf, pis dans Charlevoix où je suis né. Nous sommes maintenant dans la Beauce. C'est pour ça que ma mère est si heureuse. Elle va retrouver sa mère (ma grand-mère), et aussi son frère et ses sœurs. Mon oncle Joseph-Antoine, elle l'a déjà retrouvé puisque c'est lui qui vient nous chercher.

Ses sœurs s'appellent Aurore et Mathilde. C'est mes tantes. Mon grand-père, il est mort il y a au moins une éternité, avant ma naissance. Il y a son portrait en dessous d'un globe de verre sur le mur du salon, à côté de celui de grand-mère. Quand je le regarde, il m'observe sans sourire, avec sa moustache pis ses yeux sévères. J'en ai des frissons. C'est pour ça que je le regarde pas souvent. J'aime pas frissonner.

L'hôtel de mon oncle Joseph-Antoine était autrefois celui à mon grand-père. Il est en face de l'église dans le village voisin. Ma mère est habituée de rester pas loin de l'église. C'était de même à Baie-Saint-Paul, c'est comme ça icitte à Saint-Georges et c'était pareil quand elle était petite dans le village de mon grand-père que je sais plus comment il s'appelle, pas mon grand-père mais le village. Toujours est-il que c'est à son hôtel que mon oncle nous a tous amenés. Maman a dit :

— Tu vas enfin connaître ta grand-mère, et aussi tes tantes Aurore, Mathilde et Louiselle, l'épouse de ton oncle Joseph-Antoine.

·À peine entrés à l'hôtel, nous voilà enveloppés par les trois tantes. Ça embrasse et embrasse encore. J'étouffe dans le parfum. La tante Aurore jacasse comme une perruche. Elle pose des questions mais on peut pas répondre parce qu'elle parle tout le temps.

— C'est donc toi, le petit Étienne! Tu es grand pour ton âge. Tu dois avoir hâte de retourner à l'école? Quand on pense que tu as fait un si long voyage! Tu dois être fatigué et tu dois avoir faim? Tu pourras te reposer après avoir rencontré grand-mère. Je suppose que tu as hâte de la voir? Elle t'attend depuis si long-temps! Elle a une importante question à te poser. Tu verras, elle est très gentille. Te trouves-tu chanceux d'avoir encore ta grand-mère? Elle est très âgée, tu sais, il ne faudra pas la fatiguer.

Comme dit mon père: «Il n'y a rien à répondre au déluge.» Tout ce que je veux, c'est aller aux toilettes avant de faire dans mes culottes. J'ai pas le temps ni la chance d'en parler tellement ça placote dans la place. La tante Aurore me prend par la main. La tante Louiselle marche en avant. Je sais pas où est passée la tante Mathilde. Nous montons à la chambre de grand-mère. Elle est vieille comme le monde, pas la chambre, la grand-mère, tout en blanc, le dos tourné à la fenêtre. J'ai peur. C'est comme l'ange du jugement dernier. Heureusement qu'il y a pas d'horloge avec des tou-jours, jamais, toujours, jamais et l'enfer pour l'éternité. Debout devant elle, j'ai les fesses serrées. J'ai tellement envie de pisser! Après avoir embrassé ma mère, grand-mère m'examine. Elle dit avec une petite voix de chè-vre pas de corne:

— Viens embrasser ta grand-mère!

Je m'approche d'elle. Je lui donne un bec sur la joue. Je m'empêche de respirer parce qu'elle empeste le camphre. C'est du camphre, je le sais, parce que je connais ça et ça pue.

— J'ai une question à te poser, qu'elle me dit.

Je la regarde. Elle est toute fripée. Sa question va être très vieille.

— Je veux savoir si tu as bien appris ton petit catéchisme. Qu'est-ce qu'un péché mortel ?

Ça, c'est une question fripée, une vraie, pis vieille aussi. Je fige net. Elle doit lire dans ma tête. Je bredouille :

— Un péché mortel, c'est... c'est... une faute grave.

Je la vois qui approche l'oreille. Elle doit être dure de la feuille.

— Répète plus fort !

— Un péché mortel, c'est une faute grave !

C'est tout ce que je peux répondre tellement j'ai envie. Quand on a envie, on peut pas penser. Il y en a même qui sont sourds quand ils ont envie. Ma réponse est pas comme dans le petit catéchisme. Tout à coup, le silence s'étend comme pour faire sa sieste. Ma grand-mère reprend :

— Je te donne une seconde chance. Qu'est-ce qu'un sacrilège ?

— Un sacrilège, c'est... c'est... Vite ! Vite ! J'ai envie de pipi, je vas pisser dans mes culottes !

C'est de même que s'est terminée ma première et dernière rencontre avec grand-mère. Elle est morte pas longtemps après. Imaginez, comme dit ma mère, qu'il y avait une tempête de neige. Les routes étaient fermées, si bien qu'elle a été enterrée sans nous. Ma mère a crié : « Je ne me le pardonnerai jamais ! » Ça, c'est ma mère tout craché. On dirait que toutes les tempêtes et tous les malheurs sont de sa faute.

4

Les premières expériences

Ce premier été dans ma nouvelle ville s'est bien passé. J'ai joué à plein. Je me suis baigné en masse. On a fait des tas d'expéditions. Je connais déjà des voisins comme les parents de Sam en premier, bien entendu. Sa mère est assez fine, je l'aime beaucoup. Elle nous donne des bonbons et me fait des caresses avec ses mains douces. En plus, elle sent toujours bon le lilas et d'autres parfums que je connais pas. Les Pomerleau, eux autres, et leur magasin de meubles, sont pas très gentils. Ils nous regardent de haut, comme dit ma mère. « Mais on n'a qu'à se baisser et ne pas les regarder », répond mon père. Je connais aussi monsieur Léo et son 5-10-15, sans oublier l'autre magasin de meubles, celui à monsieur Quirion. Nous allons souvent, Sam et moi, à l'enclos des chauffeurs de taxi pas loin du cinéma. Quand nous avons des sous à dépenser, nous courons jusqu'à la cabane à frites. Pour cinq sous, nous avons droit à un cornet de frites avec tout plein de sel et de vinaigre. Des frites, c'est des patates en long pas comme les autres, mais c'est tellement bon que ça se peut pas.

Sam vient chez nous souvent. On dirait que ma mère l'aime pas beaucoup. Mais mon père le trouve très drôle. Quand il est là, mon père lui pose des questions sur les gens. Sam, il connaît tout le monde. Mon père, on dirait qu'il veut tout savoir sur la paroisse et tout le tralala. Sam a raconté l'autre jour que les Gagnon ont eu des jumelles. Il y en avait même une autre avec elles et si elle était pas morte, elles auraient été un troupeau. Mon père a bien ri. Il a dit : « Pas un troupeau, mais un trio. » Ça m'a fait connaître un mot de plus. Je savais pas que le mot trio voulait dire trois. C'est ben pour dire !

Pas loin de chez nous, il y a madame Bluteau. Elle a de la barbe. Je mens pas, juré craché. Une femme avec de la barbe, c'est drôlement comique. Elle a pas d'enfants, mais sa truie Alisa les remplace. Des fois, on se cache. On la regarde quand elle lui donne à manger. Elle lui parle. Elle lui chante des ballades. Elle lui dit : « Ma chère Alisa, ma petite rose, si tu savais comme je t'aime. » J'ai jamais vu une rose toujours sale et qui pue comme c'est pas disable. Nous nous retenons pour pas rire. Elle pourrait nous entendre, elle est pas sourde, pas la truie, madame Bluteau. Mais c'est drôle à mort.

※

Je vas souvent au 5-10-15 chez monsieur Léo. Je sais pas pourquoi, il se méfie de Sam. Mais c'est plus fort que moi, il faut que j'y aille. J'entre tout seul. Sam m'attend dehors près de la porte. Les grands appellent monsieur Léo « Paquet d'os », parce qu'il est maigre comme une couleuvre. Je lui dis pas « Paquet d'os » parce que c'est pas gentil, même si c'est vrai. Le 5-10-15, ça veut dire 5-10-15 sous. C'est une vieille bâtisse pleine de bosses sur la 1re Avenue. Le plancher est tout croche. Monsieur Léo sert le monde qui vient. Sa sœur Germaine gère et mène. C'est le vieux monsieur avec une barbe comme une toile d'araignée défaite qui a dit ça. Il parle sans bouger les lèvres pour pas que sa barbe décolle. Il a dit :

— Toé, Léo, tu sers. Ta sœur Germaine gère et mène.

Il a ri ensuite : ho ! ho ! ho ! comme le père Noël et sa barbe est pas tombée. Gère, je sais pas ce que ça veut dire. Ça doit être comme quand on digère. Il va falloir que je regarde dans le *Larousse*. C'est le dictionnaire. Mais j'haïs regarder dedans, c'est ben trop long.

Monsieur Léo, il a plein de chats. Il en a partout dans le magasin. Ils se frottent après nos jambes. Ils grimpent sur les étagères ou dorment dans la vitrine. Il me laisse les flatter. Ça se passe toujours de même. J'entre au 5-10-15. Je demande poliment. Faut toujours parler poliment, ça ouvre toutes les portes quand elles sont pas barrées. Ça, c'est mon père qui le dit.

— S'il vous plaît, monsieur Léo, me permettez-vous de jouer avec vos chats?

Il sourit. Ensuite, comme la mère-grand du Petit Chaperon rouge, il répond avec une grosse voix:

— Certainement, mon enfant, et si tu es sage, tu auras droit à trois caramels.

Je joue un peu avec les chats. Pour pas faire attendre Sam trop longtemps, je dis:

— Ah! j'oubliais, j'ai une commission à faire pour ma mère.

Germaine m'appelle. Elle me donne trois caramels. Je sors les partager avec Sam. On en a chacun un. J'enlève le papier du troisième. Je le coupe avec mes dents. J'en donne la moitié à Sam. Je laisse passer un peu de temps, pis je reviens jouer avec les chats. Germaine m'offre un bâton de réglisse ou bien trois boules noires qui changent de couleur quand on les suce. Je vas encore les partager avec Sam. Mais il aime pas plus les boules noires que la réglisse à cause du noir. Sam aime rien qui est noir. Je suce une boule noire. Quand elle change de couleur, je lui donne. Comme ça, il reste pas tout seul à me regarder manger.

Je sais pas ce que je ferai quand je serai grand. Sam, lui, il dit qu'il fera un explorateur.

— Tu vas explorer quoi?

— Le pôle Nord.

— Tu vas avoir froid.

— Euh! C'est pas grave, au moins là, tout est blanc.

— Parce que t'aimes pas le noir ?

Il me regarde avec ses yeux des grandes circonstances, comme dit mon père. Il crache par terre.

— Euh ! Tu l'sais que j'aime pas le noir.

Un jour, je lui ai demandé pourquoi il vient pas au magasin de monsieur Léo. Il a répond :

— Parce que je suis noir.

Je comprends vraiment pas pourquoi, parce qu'il est noir, ça l'empêche d'aller au magasin général. En plus des bonbons et des chats, il y a quelque chose d'autre qui m'attire là. C'est parce que, comme prétend ma mère : « Les étagères sont pleines de tout ce qu'on peut souhaiter. » Quand on ouvre la porte, il y a des dizaines et des dizaines de senteurs qui nous chatouillent le nez. J'en connais plusieurs, comme la cannelle, les pommes, la mélasse, la réglisse, les bonbons forts, la cassonade, les épices mélangées et le tabac. Une fois, j'ai dit à Germaine que ma mère aimerait avoir une liste de ce qu'il y a dans le magasin. Elle a ri et a dit que c'était impossible.

Germaine est tellement grosse qu'elle se lève pas. Elle reste toujours assise à la même place sur un grand banc pour deux fait juste pour elle. Mais demandez-lui quelque chose qu'il y a dans le magasin, elle sait toujours où ça se trouve. Elle montre avec son doigt :

— Dans la troisième rangée à gauche sur la quatrième tablette. Tu ne seras pas capable de le prendre, c'est trop haut. Demande à quelqu'un de te le donner.

Elle se trompe jamais. C'est comme ça. Même si elle bouge pas de sa place, elle sait toute. Je me demande comment ça se fait. C'est ben pour dire !

Pas longtemps après que j'ai demandé une liste pour ma mère, elle m'en a donné une. Elle m'a fait promettre de dire à ma mère :

— C'est pas tout ce qu'il y a, c'est seulement un aperçu.

Un aperçu, je sais pas ce que ça veut dire au juste. Ça doit être comme quand on aperçoit quelque chose. En tous les cas, c'est long un aperçu. Vous allez voir. J'ai lu tout ce que Germaine a écrit : du Ginger Ale, des clous, des vis, de la confiture de fraises, de framboises, de bleuets. C'est marqué en plus : des outils, des noix, des poupées, des cahiers, du poivre, du gros sel, des jouets, du papier d'emballage, de la ficelle, des plats, des assiettes, des ustensiles, des tasses à mesurer, du vinaigre, de la bière, du savon, des fleurs séchées, des rubans, de la dentelle, du fil, des ciseaux, de la laine, des épingles à linge, de l'eau de Javel, de l'encaustique, des linges à vaisselle, des crayons de couleur. En plus, je les ai vus dans les coins, il y a des barattes à beurre, des fanaux, des balais avec des râteaux.

Si Sam peut pas venir, j'y vas parce que c'est la caverne d'Ali Baba, mais sans les quarante voleurs. Il fait pas très clair dedans entre les étagères. On voit pareil tout plein de choses. Sur le comptoir, il y a une grosse balance. Monsieur Léo s'en sert pour peser la farine, la cassonade et tout ce qu'il faut peser dans des sacs bruns. Sur un plateau, il commence par mettre ce qu'il faut dans un sac. Sur l'autre plateau, il met des poids. J'aime beaucoup le voir faire avec ses poids. Il ajoute un peu ou bien il enlève un peu de farine, de cassonade ou de sucre, pour que les deux plateaux arrivent égal ou égaux, je sais pas, en tous les cas, arrivent pareils.

À tous les coups, la balance, ça me rappelle le jugement dernier : les bons d'un côté, les mauvais de l'autre. Il m'en vient des frissons et j'aime pas frissonner. Je change de place. J'écoute la clochette de la porte avec ses ding, dong quand quelqu'un entre ou sort. Je pense que je suis au paradis. Je suis triste parce que mon ami Sam peut pas partager ça avec moi. C'est pour ça que je reste pas longtemps avant d'aller le retrouver. Je lui en parle pas trop pour pas lui faire de peine. Je suis certain qu'il aimerait venir avec moi. Mais il est noir et il y a monsieur Léo. Je comprends pas pourquoi Sam l'aime pas.

À part ses chats, monsieur Léo s'intéresse à toutes sortes d'affaires comme le temps. On appelle ça la température. Il la connaît d'avance. Le mot pour ça, il me l'a appris, c'est prédire. Les clients lui demandent ses « prédires » pour le lendemain. Il répond :

— C'est un honneur pour moi de vous satisfaire, monsieur, quand c'est un monsieur qui lui demande.

Quand c'est une madame, il dit madame à la place de monsieur, pis :

— Voilà ma réponse à votre intéressante question.

Après, il ajoute quelque chose comme :

— Quand le coq chante à la veillée, il a déjà la queue mouillée.

Et il ajoute :

— Le coq chante, vous l'entendez ? Demain, il va pleuvoir.

Le plus curieux, c'est qu'il se trompe pas, comme le grand sorcier des contes à Lucia à Baie-Saint-Paul.

Si j'y vas le lendemain, il lance un nouveau « prédire » :

— S'il pleut à la Saint-Médard, il pleut quarante jours plus tard, à moins que Saint-Gervais soit beau et tire Saint-Médard de l'eau.

Je me demande bien c'est qui ces deux-là qui s'amusent à se sortir de l'eau. Monsieur Léo le sait pas plus que moi. Je lui ai demandé. Il m'a répond qu'il les connaît pas. Il a ajouté : « Ce qui est important, c'est de prédire correctement. » Quand il voit un cloporte sur un bout de planche, il s'écrie tout de suite : « Que le cloporte sorte, la pluie tape à votre porte. » Un cloporte, c'est une bibitte à bois avec beaucoup de pattes. Le lendemain, parce qu'il a vu la lune, il récite : « Lune rouge, le vent bouge, lune pâle, l'eau dévale, lune blanche, journée franche. » Il me fait répéter après lui. Il appelle ça ses maximes. Je les répète jusqu'à temps que je les sache par cœur. Quand je les sais par cœur, il me donne un bonbon par maxime que je récite comme il faut. Vous pouvez être certain que je les réussis toutes, parce que j'aime beaucoup les bonbons.

Quand il parle, monsieur Léo a une grosse boule qui monte et descend dans son cou. Il paraît que ça, c'est la pomme d'Adam. Je connais mon histoire sainte, vous savez. Quand Ève a donné une pomme à Adam dans le paradis terrestre, le beau Adam s'est étouffé avec. Tu parles d'une affaire! Depuis ce temps-là, il paraît que tous les hommes ont une pomme d'Adam dans la gorge. Moi, j'en ai pas. C'est vrai, par exemple, que je suis pas encore un homme.

C'est comme ça que je flâne des fois, mais pas longtemps, au magasin de monsieur Léo avec les chats, surtout quand il pleut. J'ai droit à des caramels, des *jelly bean*, de la gomme balloune ou du chocolat.

Au début, Sam voulait pas que je partage les bonbons avec lui. Il disait que monsieur Léo était méchant. Pis il a voulu en manger même s'ils venaient de lui. Je l'ai fait changer d'idée en disant, et c'est vrai, que c'est Germaine qui me les donne, les bonbons, jamais monsieur Léo. Sam continue quand même à dire tout le temps: «Méfie-toi, il est méchant.» J'ai beau lui demander pourquoi il dit ça, dans ce temps-là, il se tait comme une carpe.

Un jour, j'ai vu qu'une des chattes de monsieur Léo avait un gros ventre. J'ai dit:

— Elle est malade.

Je l'ai dit à monsieur Léo. Il m'a répond:

— Pauvre enfant, c'est pas grave, elle attend des petits minous.

— C'est curieux. Quand ma tante avait un gros ventre comme la chatte, elle m'a dit : "Si tu es sage, tu auras peut-être un petit cousin ou une petite cousine." Tout le monde sait que c'est les sauvages qui amènent les bébés. Mais les sauvages sont pas venus en porter. En plus, ma tante est morte.

Il a souri. Il a branlé la tête comme les chevaux, de haut en bas en secouant les épaules. Comme j'étais tout content parce que la chatte aurait des petits minous, j'ai demandé :

— Promettez-moi, monsieur Léo, de me faire savoir quand les petits minous seront arrivés.

Il m'en a fait le serment, la main sur le cœur, croix de bois, croix de fer.

Un matin, je l'ai vu sur le quai, derrière le 5-10-15. Il avait quelque chose dans ses mains. J'étais trop loin pour voir ce que c'était. Tout d'un coup, il a levé un bras en l'air. Il l'a descendu très vite vers le ciment du quai. Pis il a lancé dans la rivière ce qu'il avait dans la main. Je m'ai approché ou je me suis approché, je me souviens plus ce qu'il faut dire au juste, mais en tous les cas comme j'arrivais derrière lui, il a tué le dernier chaton nouveau-né. J'ai hurlé :

— Monsieur Léo, que faites-vous là ?

Il a fait le saut comme un voleur surpris. Il s'est retourné vite. Il était rouge. Il a dit :

— Oh ! je me débarrasse d'un objet dont je n'ai plus besoin.

— Menteur ! Vous avez tué les petits minous.

J'ai couru me cacher derrière la maison. J'ai passé le reste de la journée à pleurer comme un veau. Les veaux, quand ils pleurent, il paraît qu'ils sont tout mouillés. J'étais tout mouillé.

Comme j'étais pas allé dîner, tout le monde m'a cherché. C'est Sam qui m'a trouvé à la fin de l'après-midi. Mes parents étaient très inquiets. Ils m'ont pas chicané. Je leur ai pas dit que c'était la faute à monsieur Léo.

Depuis cette fois-là, même si j'ai pus de caramels, je rentre pas dans le 5-10-15. Monsieur Léo est méchant, comme Sam l'a dit. Je m'ennuie des bonbons, des chats et aussi des senteurs. Je guette de temps en temps. Quand il est pas là, j'y vas. Germaine répète toujours la même chose : « Ça fait donc bien longtemps qu'on t'a vu ! » Elle me donne des bonbons. Mais je pense comme Sam qu'ils sont moins bons qu'avant.

5

Un ami pour la vie

À sa première visite à l'église, ma mère m'a inscrit chez les enfants de chœur. «Vous saurez, monsieur le curé, que mon fils Étienne sert la messe depuis déjà deux ans.» Septembre vient d'arriver comme un voleur de vacances. La première journée d'école commence à matin avec les devoirs pis les leçons.

Je sers la messe. Je communie. J'enlève ma soutane de servant de messe. Je vas à la maison. Je déjeune. J'attrape mon sac avec des cahiers. Je pars pour l'école avec Sam. Il est chanceux, lui, il a pas besoin de servir la messe. Nous traversons le pont. Rendu de l'autre bord, il faut tourner à droite pour l'école. Sam me dit: «Suis-moi!» Nous prenons le sentier le long de la rivière, le même que nous avons suivi le premier jour où j'ai connu Sam. Il dit qu'en passant par icitte, nous sauvons deux bonnes minutes de marche. C'est beaucoup. On compte dix minutes par semaine le matin. La même chose l'après-midi après l'école. En tout et partout, comme dit monsieur Veilleux quand il compte, ça fait vingt minutes de sauvées par semaine. Il y a cinquante-deux semaines dans l'année. Ça fait cinquante-deux multipliés par vingt ou mille quarante minutes par année. Si on divise par soixante minutes, on obtient dix-sept heures. Non, je suis donc ben nono! On va pas à l'école cinquante-deux semaines par année. En tous les cas, en passant par là, on sauve beaucoup de temps. Comme dit mon père: « Le temps, c'est de l'argent. »

Le sentier suit la rivière, pis monte sur la falaise en dessous des érables. Une falaise, c'est marqué dans le *Larousse*, c'est un escarpement, pis un escarpement, c'est quelque chose comme une falaise. Une fois en haut, nous arrivons sur la route. Le sentier traverse et là, un peu plus loin, on est dans la cour d'école.

On est tout juste rendus quand un garçon de notre âge, avec un regard mauvais comme celui d'une panthère, s'approche de nous autres. Il crache par terre. Il dit:

— Tiens, v'là l'nègre avec un p'tit nouveau.

Quand j'entends ça, je rage. Je lui siffle entre mes dents:

— Répète pour voir ce que tu viens de dire!

— Tiens! Tiens! Le p'tit nouveau qui s'énerve parce que j'aime pas son nègre.

Il a pas le temps d'en dire plus. Je fonce dessus comme un bélier. Nous voilà par terre dans la poussière et toute et toute. Il me donne un coup de poing direct sur le nez. Je vois des étoiles. Sam me crie : « Méfie-toi ! » Je le vois qui va m'en donner un autre, mais Sam lui en descend un sur la gueule. L'autre reste par terre. C'est de même que la bataille finit. Le frère surveillant arrive. Il nous conduit au bureau du frère directeur.

J'ai jamais vu quelqu'un d'aussi laid ! Il a des lunettes comme des fonds de bouteilles. Ça lui fait des gros yeux, aussi énormes que des yeux de crapauds. Je m'aperçois tout d'un coup que je suis méchant de penser de même. Je me promets de me confesser. Je dois pas être beau à voir moi non plus. J'ai une lèvre fendue. Mon nez saigne. Mes pantalons sont comme un vieux tapis taché de bouette.

Le frère directeur gronde :

— En voilà une façon de faire ! Tu arrives à peine dans ta nouvelle école et te voilà déjà impliqué dans une bagarre.

Je baisse la tête avec mon mouchoir sur le nez. Il va certainement me disputer comme il faut, avec une strappe et tout le tralala. Une strappe, on appelle ça un siffleux parce que ça siffle quand ça nous frappe. C'est un morceau de cuir qui sert pour donner des coups sur les mains. Ça fait mal en maudit. Oups ! Il faut pas dire maudit, mais c'est pour dire que ça fait mal en joual vert.

— Pourquoi t'es-tu battu ?

— Pour défendre mon ami Sam.

— Il est bien capable de se défendre lui-même.

— Tant que je serai avec lui, personne va l'appeler nègre.

— Ton intervention part de bons sentiments, je passerai l'éponge pour cette fois, mais promets-moi de ne plus recommencer.

Passer l'éponge, ça veut dire oublier.

— Je peux pas promettre. Si quelqu'un lui dit encore nègre, je lui casse la gueule.

Le frère directeur me regarde avec ses gros yeux énormes.

— Tu as la caboche dure, jeune homme. Si jamais tu te bats de nouveau, je devrai sévir et tu le regretteras. Maintenant, va rejoindre tes camarades.

Je vois Sam qui m'attend dans le corridor. On s'en va jusqu'à notre classe. Rien qu'à voir comment il me regarde, je comprends tout de suite que j'ai un ami pour la vie.

Le frère Sigismond, notre professeur, a rien dit parce que nous sommes en retard. J'ai la tête ailleurs. Je suis un peu étourdi. Ce que je sais, c'est que le frère Sigismond, il veut nous apprendre à bien parler et écrire. Il dit qu'on parle mal. On dit bécosse pour toilettes, signe pour lavabo. Il paraît que ces mots-là sont de l'anglais déformé. Bécosse, ça veut dire *back house* parce que les Anglais ont leurs toilettes dehors derrière la maison comme nous autres. Un signe, c'est pas un signe qu'on fait de la main, c'est le mot *sink* en anglais, qui veut dire lavabo ou un autre mot que j'ai pas retenu. Je l'ai sur le bout de la langue. Ça ressemble à envier. Ça va me revenir quand j'y penserai plus. Il y a rien à faire, les Anglais parlent pas comme nous autres et ils parleront jamais comme nous autres. C'est parce qu'ils ont pas la bouche faite pour le français. Quand ils essayent, ça sort tout croche. Pauvres eux autres! Tiens, le mot m'est revenu tout seul, c'est évier. Comment ça se fait qu'un mot qu'on cherche, on le trouve pas quand on y pense, pis qu'il revient juste quand on y pense pas? Ça doit être un des mystères de la vie. C'est bien pour dire!

Toujours est-il que le frère Sigismond a dit qu'il allait nous apprendre à bien parler et à bien écrire. Il va être sévère là-dessus. Implacable, comme il a dit. « Et si vous ne savez pas ce qu'implacable signifie, allez voir dans le dictionnaire *Larousse* comme chaque fois que vous voyez un mot que vous ne connaissez pas. » J'ai été voir. Ça veut dire : sans pitié, sans passe-droit, c'est quelque chose qu'on peut pas passer à côté.

Je suis ben content de la première journée dans ma nouvelle école. Je retourne à la maison avec Sam. Il me dit avec de l'eau dans les yeux :

— Merci de m'avoir défendu à matin.

Dans ce temps-là, on sait pas quoi dire. Ça me fait un motton dans la gorge. J'ai répond rien d'autre que :

— Tu es mon ami.

Parce qu'il est mon ami et que je veux dire à quelqu'un ce que j'ai sur le cœur depuis longtemps, je lui demande de bout en blanc ou de but en blanc, je sais pas trop comment dire :

— Es-tu en état de grâce ?

Être en état de grâce, l'abbé Jérôme a dit que c'est pas avoir de péché mortel sur la conscience et la conscience, c'est avec ça qu'on pense en dedans de nous.

Sam me regarde avec des grands yeux comme il est seul à en avoir :

— Euh ! En état de grâce, bien sûr que je le suis !

— Tu es chanceux, moi, je le suis pas.

Il me regarde avec des yeux encore plus énormes si c'est possible. Je comprends tout de suite que sa surprise vient de grandir d'au moins six pieds.

— T'es en état de péché mortel ? C'est pas vrai ! T'es mon ami et t'es en état de péché mortel !

Je pense : « Il va me jeter comme une vieille mâchée de gomme. » Mais non ! Ses yeux brillent. On appelle ça de l'admiration, comme a dit le frère Sigismond. Je le regarde. Il m'examine de haut en bas. Je me dis : « C'est tout de même curieux, lui, il est noir en dehors et blanc en dedans et moi, blanc en dehors et noir en dedans. »

— Comment ça se fait ? qu'il demande.

— Là où je restais avant, j'ai vu les fesses à Cécile.

Il se met à rire comme lui seul le fait :

— Ha ! ho ! ha ! ho ! ha !

Ça me rassure.

— Tu as vu ses fesses ?

— Oui, tu sauras qu'elle me les a montrées.

— Comment c'est arrivé ?

Je lui raconte :

— C'était mon anniversaire de sept ans. Je jouais derrière la maison quand j'ai entendu : "Coucou, Étienne !" Je regarde aux alentours, mais je vois personne. J'entends encore : "Coucou, Étienne !" Je me retourne très vite. Je l'aperçois qui se cache derrière la porte du garage. Elle dit avec sa face de mi-carême : "C'est ton anniversaire et j'ai un cadeau pour toi." Je m'en vas la trouver. Elle a les cheveux roux, la face pleine de picots et est aussi rouge qu'une borne-fontaine. Elle se tord comme un ver. Je vois qu'elle a pas de cadeau dans les mains.

— Euh ! m'interrompt Sam. Elle avait pas apporté de cadeau ! Ça, c'est ben les filles. Elles ont plein d'idées pas comme les autres.

Je continue :

— Elle me dit : "Montre-moi ton pipi, je vas te montrer le mien, c'est à prendre ou à laisser. C'est ça mon cadeau." Je réponds : "Montre le tien d'abord ! – Non ! C'est ton anniversaire, à toi de commencer." J'ai pensé : "Elle croit que je suis pas *game* de le faire, mais je suis mieux de m'y mettre tout de suite. Avec elle, tout est fini avant de débuter." Je sors mon oiseau de mes culottes. Je pisse direct sur le mur du hangar. Elle ouvre de grands yeux comme si elle avait vu les chutes Niagara. Quand j'ai fini, elle part pour se sauver.

— Ça, c'est ben une fille! dit Sam.

— Je lui dis quelque chose comme : "Quand on a promis, on le fait. C'est à ton tour." Elle répond : "Tu te mets derrière moi." Elle retrousse sa robe, se met en p'tit bonhomme. Pas en p'tit bonhomme, mais en p'tite bonne femme. J'ai juste le temps d'apercevoir ses deux fesses roses pis une flaque de pipi sur le plancher du hangar que la v'là partie comme une hirondelle.

Sam se met à rire et dit :

— Et tu crois que c'est péché, d'avoir vu ses fesses! Euh! J'ai bien vu celles à Luce et je pense pas que c'est péché.

— Tu crois? Mais l'abbé Jérôme a dit que c'est péché mortel.

— Peut-être, mais si tu vas à confesse, c'est plus péché. Euh! On le dit à confesse et ça finit là. Euh! Es-tu allé à confesse?

— Il a bien fallu! Le lendemain, quand je suis arrivé à la maison après l'école, tu sais pas qui était là?

— Non!

— La mère à Cécile! Ma mère était montée sur ses grands ch'vaux. Quand ma mère monte sur ses grands ch'vaux, t'es mieux de pas astiner. Je peux jamais m'astiner avec elle de toute façon. Si je le fais, ça dure pas longtemps. Elle dit ben sec avec sa face de remue-ménage : "C'est comme ça." Dans ce temps-là, il y a plus rien à dire. "Approche ici, mon effronté. J'en apprends une belle! Il paraît que tu as tordu le bras de Cécile pour la forcer à te montrer ses fesses!" "C'est pas vrai! Je l'ai pas forcée. C'était son cadeau pour ma fête." Ma mère s'étouffe tellement elle est enragée. "Tu oses mentir à ta mère en plus! Attends que ton père arrive!" Elle reprend son souffle avant d'ajouter: "Lucia est là, tu vas aller avec elle au presbytère te confesser tout de suite à monsieur le curé." J'en pisse dans mes culottes. Heureusement, Lucia, c'était notre servante. Une servante, c'est aussi une bonne et elle m'a calmé.

— Faut pas t'en faire avec ça. T'as rien qu'à dire à monsieur le curé que tu as vu les fesses de Cécile et que tu le regrettes.

— Mais justement, je le regrette pas! Tu parles d'une affaire! Elle a des belles fesses, Cécile, et j'aurais aimé les voir encore. Mais laisse-moi finir mon histoire. Ç'a été ma chance, le curé était pas au presbytère. J'étais sauvé. Mais il y a toujours un lendemain et je servais la messe. Ma mère m'a amené avec elle par un bras et envouèye au confessionnal! Je sais pas pourquoi on le dit de même, mais j'avais une peur bleue du curé. Ça, c'est une peur pas comme les autres. Pas rouge, pas verte, pas jaune, mais bleue. C'est pas une peur ordinaire. Quand il a ouvert la petite porte du confessionnal, ça puait le vieux curé. Je me suis mis à trembler comme une vieille. J'y avais pensé toute la nuit. J'allais dire vite comme l'éclair: "Mon père, pardonnez-moi parce que j'ai grandement péché. C'est la deuxième fois que je viens à confesse. Je m'accuse d'avoir dit des gros mots, d'avoir ri de Mathias Labbé qui est infirme, d'avoir vu les fesses à Cécile, d'avoir tiré la langue à la vieille chipie, je sais pas comment elle s'appelle, et c'est toute!"

— Tu l'as fait?

— Oui, enfin…

— Bon ben, t'es correct.

— Non! Parce qu'en vrai, j'ai pas dit au curé que j'avais vu les fesses à Cécile.

— Tu l'as pas dit? Euh! Comment ça?

— J'ai commencé avec: "Bénissez-moi, mon père, parce que j'ai péché. Je me confesse à Dieu tout-puissant et à vous, mon père. C'est la deuxième fois que je viens à confesse." Le curé a grogné: "J'ai pas toute la journée, dis tes péchés." J'ai figé net. J'ai dit que j'avais désobéi à ma mère, que j'avais mangé des confitures en cachette, que j'avais crié des bêtises à la grosse Bertha. Il a dit: "Je suppose que tu as touché les fesses des petites filles." J'ai répond vite: "Non!" S'il m'avait demandé si je les avais vues, j'aurais dit oui.

— Euh! C'est pas juste! Y'avait rien qu'à te demander si tu les as vues, s'il voulait le savoir. C'est de sa faute, à ce curé-là! Il t'a donné sa bénédiction?

— Oui!

— Comme ça, t'es O.K.!

— Ben non! Je lui ai pas dit. Si je meurs, je m'en vas droit en enfer avec Satan, ses pompes et ses œuvres pour l'éternité!

— Ses quoi?

— Ses pompes et ses œuvres.

— C'est quoi ça?

— Je l'sais pas, mais ça doit faire ben mal.

— Euh! Moi, je pense pas que t'iras en enfer.

— Comment ça?

— Parce que tu vas aller au purgatoire.

C'est ben trop vrai, le purgatoire, j'y avais pas pensé. C'est moins pire que l'enfer. Sam a des bonnes idées des fois. C'est ben pour dire! Il me fait beaucoup de bien.

— Pis tu veux-tu savoir? En plus, à chaque fois que je communie le matin parce que je sers la messe, je commets un sacrilège. L'abbé Jérôme l'a dit. J'ai fait beaucoup de sacrilèges, trop pour les confesser. Si je les dis au curé, il va tomber malade, c'est certain. Ça va faire un péché de plus sur ma conscience et c'est l'enfer direct.

En parlant comme ça avec Sam, nous voilà rendus chez nous. J'avais oublié ma bataille à l'école. Avec mon linge tout sale et ma lèvre fendue, j'ai dit à Sam de venir avec moi pour calmer ma mère. Mon idée a été bonne. Sam a tout raconté. Ma mère m'a pas puni. Elle a dit que c'était correct parce que j'avais pris la défense d'un opprimé. J'ai été voir dans le *Larousse*. Un opprimé, c'est quelqu'un qui subit des oppressions.

Des oppressions, c'est quoi? Je sais pas, mais je vas aider Sam à en avoir souvent.

Nous sommes devenus des inséparables, Sam et moi. Des inséparables, c'est des amis qui sont toujours ensemble. Il est pas comme moi, par exemple. Il a beaucoup de misère en classe. Je savais pas, mais il a doublé une année. Il comprend rien en mathématiques. Il répète toujours:

— Euh! À quoi ça sert de savoir ce que ça fait douze fois huit? Quand est-ce qu'on compte jusque-là? C'est nono. Pourquoi on est obligés de répondre à ça?

— C'est pour voir comment on est capables de compter.

— Euh! Qu'est-ce que ça donne? D'abord que je sais comment je vas avoir de sous quand je fais une commission, c'est ben assez.

Moi, je pense qu'il a raison. À quoi ça sert de passer des heures à se creuser la tête pour des problèmes qu'il comprend pas? Je l'aide de mon mieux. Mais il vaut rien du tout en calcul. Je le vois compter sur ses doigts. Il lève les yeux au ciel comme s'il attendait une réponse. Pourtant, tout le monde sait depuis longtemps que ceux qui habitent le ciel répondent jamais.

6

L'école, la langue française, etc.

Maurice Morin, c'est un grand parleux et un p'tit fai-
seux. Il a raison, par exemple, quand il dit que les
frères de l'école ont des noms à coucher dehors. Le
frère Sigismond, son nom est pas pire. On s'habitue.
Mais il y a aussi le frère Euplius, le frère Agélasias (lui,
c'est le directeur avec ses yeux de crapaud), le frère
Télesphore et le frère Nicéphore. Comment ils font
pour se promener avec des noms pareils ? Moi, à leur
place, j'irais me cacher. Il paraît que ma mère voulait
me faire baptiser Gustave. Si j'avais eu un nom comme
ça, j'aurais fait semblant d'être sourd. À la place de me
crier Gustave ! les autres auraient dit le Sourd. J'aurais
fait semblant de pas entendre. Et même si j'avais
entendu, j'aurais mieux aimé le Sourd que Gustave.

La roue du temps ne s'arrête jamais. C'est bien dit, hein? Quand je me force, j'écris bien. Le frère Sigismond l'a dit. Lui, il connaît bien le français et l'écriture. Il écrit tellement bien que c'est très beau à lire. Il m'a fait venir après la classe. J'aime pas ça rester après la classe parce que si j'arrive en retard, ma mère commence sa grande enquête et ça finit plus. Mais ouf! c'était comme on dit pour une bonne cause. Le frère Sigismond veut m'aider en français. Il m'a montré toutes les fautes qu'il faut corriger dans mes compositions. Il y en a beaucoup, pas des fautes d'orthographe, mais celles qui s'appellent des fautes de tournure. Ça, des fautes de tournure, c'est des fautes quand on parle mal. Comme là, j'ai écrit: quand on parle mal. J'aurais dû écrire: quand nous parlons mal. Le frère Sigismond dit que j'ai de la misère avec mes on parce que j'en mets presque partout: on par-ci, on par-là. Il m'a dit qu'il faut que je m'habitue à écrire nous à la place de on. Il m'a montré aussi que j'écris toujours des affaires comme astheure ou comme: j'ai figé ben net. Astheure, va falloir que j'écrive bien au lieu de ben. Youps! J'ai encore écrit astheure. Il paraît que c'est à cette heure, mal dit. Il faut écrire à la place: maintenant ou à présent. Une autre faute de tournure que je fais tout le temps, c'est que j'oublie d'écrire mes ne. On appelle ça des négations, comme par exemple: j'écris pas. Quand il y a un pas, il faut écrire avant un ne. Faudrait que j'écrive: je n'écris pas. Ça fait drôle, mais c'est de même! C'est donc ben mêlant. Youps! Tiens, j'ai écrit ben à la place de bien. Comment je vas faire pour écrire comme du monde ? Encore une faute de tournure que je viens de faire, parce que j'ai écrit : je vas faire. Il faut écrire : je vais, jamais je vas. C'est compliqué que ça n'a pas d'allure. Bon ben là, je suis correct, j'ai écrit que ça n'a pas d'allure, mais cimetière ! j'ai encore marqué un ben. C'est décourageant. Pis en plus, le frère Sigismond – youps ! le frère Sigismond m'a dit justement que j'écris trop souvent pis au lieu de puis, comme je viens juste de faire. Aussi, il faut pas dire la mère à Sam, mais la mère de Sam. Je mets trop de à aux places qu'il faut mettre de. Le frère Sigismond dit que c'est une question d'habitude. Il faut juste s'arrêter pour y penser. C'est ça qu'on appelle corriger ses fautes, non, que nous appelons corriger nos fautes.

La roue du temps nous a conduits aux fêtes sans nous prévenir. Mon père part loin de chez nous pendant des semaines. Il voyage pour vendre des pilules. Il en apporte toujours pour nous autres. Il appelle ça aussi des « au cas où ». Moi, je peux vous dire que ses « au cas où » sont méchantes comme c'est pas possible, youps ! ce n'est pas possible. C'est des pilules de foie de morue. Il y a aussi une autre chose que ma mère a toujours, c'est de l'huile de castor. C'est pas croyable, youps ! ce n'est pas croyable comme c'est méchant. C'est pire qu'un péché mortel. Quand ma mère m'en donne une cuillère, le cœur me lève. Il paraît que c'est bon pour nous faire aller aux toilettes. « Ça débloque les fondements », comme dit le vieux docteur Leclerc. Lui, il est drôle avec son lorgnon. Il a une barbe blanche comme les chèvres. Mon père prétend qu'il est vieux comme le monde.

L'affaire que j'aime le moins dans les remèdes, c'est les mouches de moutarde. Ma mère me les met quand j'ai la grippe ou ben, youps! ou bien quand je fais de la fièvre. Ça chauffe en pas pour rire. Elle met de la moutarde sèche sur un linge humide. Elle prend le linge et le pose sur ma poitrine pendant dix minutes. Quand elle l'enlève, je suis comme pris en feu. Mon père dit que c'est des remèdes de grand-mère. Je ne sais pas comment ça se fait que c'est ma mère qui me les met, peut-être parce que ma grand-mère est morte.

Mon père vient d'arriver avec un sapin de Noël. Il l'a trouvé je sais pas où, youps! je ne sais pas où. Avec Sam, j'aide ma mère à le décorer. Mon ami a regardé les boules et les lumières dans notre sapin. Il m'a demandé :

— C'est tout ce que vous avez pour le décorer ?

— Oui! Tu le trouves pas beau ?

— Euh! Il est beau, mais pas assez garni. Viens chez moi, euh! tu vas voir ce que c'est un vrai sapin de Noël.

L'arbre que ses parents ont dans le salon brille comme les étoiles. Des dizaines et des dizaines de boules colorées pendent dans les branches couvertes par des glaçons en papier argenté. Sur les bougies qui l'illuminent (on appelle ça des bougies, mais c'est des lumières), il y a des cônes en papier glacé. Dessus, il y a toutes sortes de dessins : des sapins, des maisons enneigées, les rennes du père Noël, des traîneaux, des anges, des clochettes, des flocons de neige, des étoiles… Quand les lumières sont allumées, la chaleur fait tourner tous les cônes. On dirait, youps! nous dirions que l'arbre est en vie. Je commence à m'apercevoir qu'il y a des familles beaucoup plus riches que nous autres. Leur arbre de Noël est ben mieux, youps! bien mieux décoré.

La semaine avant Noël, je me suis forcé à être sage. Le père Noël et le petit Jésus ne m'oublieront probablement pas, si c'est eux autres qui donnent les cadeaux. J'en doute pas mal astheure, youps! maintenant. Sam m'a dit, la main sur le cœur, que ni l'un ni l'autre ont quelque chose à voir là-dedans. De toute façon, je me méfie du petit Jésus, s'il est le moindrement rancunier (c'est ça qu'il faut dire, j'ai regardé dans le *Larousse*). En plus, ma mère dit ça souvent de mon père. Toujours que le petit Jésus, lui, doit savoir que j'ai vu les fesses de Cécile. Il est peut-être jaloux. Pour se venger, on ne sait jamais, il peut bien oublier mon cadeau. Si c'est le père Noël qui les apporte, j'ai des chances d'en avoir un. C'est un vieux monsieur avec une barbe blanche. Il ne doit pas être trop méfiant. Je suis certain que je le mérite. Je viens de passer une semaine exemplaire. Ça, c'est ma mère qui l'a dit. Quand ma mère dit une affaire de même, c'est tellement rare que c'est vraiment vrai.

7

Le kaléidoscope

C'est le 25 décembre au matin. Me voilà sous l'arbre de Noël pour voir s'il y a un cadeau pour moi. Ouf! il y en a bien un, mais il est petit. Peut-être que je n'ai pas été aussi sage que je le crois. J'attends avec impatience l'autorisation de l'ouvrir. Ma mère vient de dire :

— Tu peux le déballer.

Ça veut dire que je peux l'ouvrir. Avec elle, je prends toujours mes précautions pour voir si j'ai bien entendu.

— Je peux ?

— Oui, vas-y !

Mes mains tremblent. Je retire le papier avec les rubans qui sont dessus. Il y a une carte de souhaits avec des anges et des brillants. Ma mère me dit :

— Lis d'abord la carte.

Je prends mon temps pour la lire. Il paraît qu'il faut prendre son temps avant une surprise, ça la fait durer plus longtemps. Dans la carte, il y a les bons souhaits de mes parents. Je les embrasserais bien pour les remercier, pas les souhaits, mes parents, mais ça les embarrasserait. C'est drôle, embrasser et embarrasser c'est presque pareil. Peut-être qu'embrasser, ça vient d'embarrasser. Va falloir que je le demande au frère Sigismond. En tous les cas, chez nous, on n'embrasse pas comme chez Sam. Sa mère l'embrasse toujours et, des fois, elle m'embrasse moi aussi. Elle est assez fine et elle sent toujours bon! Je dis merci, merci beaucoup!

J'ouvre la boîte. Dans du papier de soie, il y a un tube de carton bleu percé à un bout. À l'autre bout, c'est du verre qu'on voit pas à travers, youps! c'est une sorte de verre et nous ne voyons pas à travers. Je me demande bien comment ce cylindre (figurez-vous que je sais ce qu'est un cylindre!), comment une affaire de même peut s'appeler un cadeau? Mon père, lui, il lit certainement dans ma tête, parce qu'il dit: «Regarde dedans, c'est un kaléidoscope!» Je le mets devant mon œil. Je vous jure, le monde entier existe plus, youps! n'existe plus. C'est plein de couleurs. J'aperçois des montagnes. J'ai juste à bouger la main et ça devient des châteaux. C'est incroyable! Je tourne un peu le cylindre et me v'là avec les plus beaux couchers de soleil, ensuite c'est des feux d'artifice, de l'eau brillante, des feuilles d'automne, des nuages rouges, des fontaines vertes, des vitraux avec des couleurs épouvantables, des paniers d'oranges, des voiles pourpres (c'est rouge foncé), des grappes de raisin, des amandes au miel, du beurre d'érable, des boules de crème glacée au chocolat, des oiseaux comme il n'en existe pas. Ça passe devant mon œil dans mon kaléidoscope, dans ma tête aussi au fur et à mesure que je les invente. Ça revient, ça se défait et tourne, ça se soude encore plus beau, pis ça se démantibule. Vous avez fait le saut ? Se démantibuler, ça veut dire la même affaire que se défaire, c'est marqué dans le *Larousse*.

Je regarde dedans pendant des heures. Après, je pense qu'un kaléidoscope, c'est un rêve en couleurs. Si vous n'en avez jamais eu, allez en chercher un. Dans le *Larousse*, c'est écrit : « Kaléidoscope : petit instrument cylindrique dont le fond est occupé par des fragments mobiles de verre coloré qui, en réfléchissant sur un jeu de miroirs angulaires disposés tout au long du cylindre, produisent d'infinies combinaisons d'images aux multiples couleurs. » Un kaléidoscope, ce n'est pas aussi compliqué que dans le dictionnaire, parce que pour moi, ça s'appelle le septième ciel.

Le plus beau cadeau du monde est toujours dans mes mains. C'est le plus beau cadeau parce qu'il n'est jamais pareil. Je regarde dedans et il y a toujours quelque chose de nouveau. Mon père dit que c'est comme une corne d'abondance. Si mon père le dit, c'est parce qu'il le sait. Souvent, je vois dedans des affaires aussi jolies que des mirages dans le désert. Un mirage, c'est comme un rêve. D'autres fois, c'est comme des aurores boréales. Ça, des aurores boréales, c'est quand il y a de la couleur le soir qui danse dans le ciel.

J'en ai pas vu souvent, youps! je n'en ai pas vu souvent, mais c'est beau en joual vert. Jaune, bleu, rouge… Mon kaléidoscope, c'est une vraie baguette magique. Il va falloir me couper la main pour me l'enlever. Je couche avec. C'est la merveille la plus merveilleuse. Je vais le montrer au frère Sigismond en même temps que ma composition pour lui dire ce que c'est un kaléidoscope. Le frère Sigismond va être content. J'ai cherché pendant des heures dans le dictionnaire pour trouver les mots démantibuler, corne d'abondance, mirage et aurore boréale. Une chance que mon père m'a aidé!

8

Les cadeaux de Samuel

Noël est déjà passé. Le jour de l'An approche à grands pas. Je sais pas pourquoi on dit, youps ! je ne sais pas pourquoi nous disons approche à grands pas, parce que le jour de l'An n'a pas de jambes. Ma mère me donne la permission, ça c'est un miracle, d'aller montrer mon cadeau le plus beau du monde à Sam. J'ai hâte de voir ce qu'il a reçu. Sam ne s'occupe pas de mon kaléidoscope. Il me dit :

— Euh ! J'ai eu un cadeau. Sais-tu ce que mon père dit ? C'est ce qu'il y a de mieux pour admirer l'infiniment grand et l'infiniment petit : un télescope et un microscope.

Mon kaléidoscope est un bien petit cadeau à côté.

— Sous la lentille de mon microscope, euh ! c'est fabuleux ! On peut admirer à l'infini des cristaux de toutes les couleurs, des diatomées et des paramécies.

— Des diatomées et des para… quoi ?

— Euh! Des paramécies.

— Qui t'as appris ces mots?

— C'est mon père, il est pharmacien.

— Je le sais. Répète le premier mot!

— Euh! Des diatomées?

— Oui! C'est quoi?

— Des diatomées, c'est des algues qu'on peut pas voir sans un microscope.

— Si le frère Sigismond t'entendait, il dirait: « Que nous ne pouvons pas voir, que nous ne pouvons pas, souvenez-vous-en, les enfants. » Des paramécies, c'est la même chose?

— Je le sais pas encore.

Son père, qui nous a entendus, explique:

— Euh! Des paramécies, les garçons, ce sont des protozoaires et des protozoaires, ce sont des insectes microscopiques qui se trouvent dans une goutte d'eau.

— Hein! Dans une goutte d'eau! Pas vrai!

— Euh! Les septiques seront confondus. Nous allons faire l'expérience tout de suite. J'ai tout prévu. Ça prend de l'eau qui en contient. Euh! Dans l'eau qu'on boit, il n'y en a pas.

Monsieur Maheu sort une bouteille brune et met une goutte entre deux lamelles. Des lamelles, c'est des petites vitres qu'on met une par-dessus l'autre avec de l'eau entre elles.

— Euh! Vous allez voir, il y a tout plein de vie là-dedans. Euh! Ça nous permet de voir rien de moins que la multiplication, euh! et les jeux mystérieux des bêtes invisibles à nos yeux.

— Sam, regarde en premier.

— Euh! C'est vrai, y'a des bibittes qui grouillent là-dedans.

C'est ensuite à mon tour d'admirer le phénomène. Je peux pas croire, youps! je ne peux pas croire qu'il y a tant de vie dans une goutte d'eau. Monsieur Maheu commente:

— Les garçons, ce que vous avez là sous les yeux, c'est un monde hallucinant, celui des protozoaires et des amibes.

Après avoir passé le reste de la journée à regarder les multiplications et les divisions (comme en mathématiques!) de ces êtres microscopiques, comme les appelle monsieur Maheu, je dis à Sam:

— Ouf! J'en ai plein la tête. On arrête?

Sam se tourne vers moi et demande:

— Le frère Sigismond aurait dit quoi?

— Nous nous arrêtons.

— Ça, c'est rien, ajoute mon ami Sam. Tu soupes ici, c'est arrangé avec ta mère. Ce soir, on va regarder la lune, les étoiles, les planètes et les constellations avec mon télescope.

Les constellations, je l'ai vu dans le *Larousse*, c'est des étoiles qui font des dessins dans le ciel.

J'ai vite oublié mon kaléidoscope sur le divan pendant que j'admirais avec Sam, comme son père a dit:

«les jeux infinis des protozoaires de tout acabit». Ça, tout acabit, je ne sais pas ce que c'est. J'ai oublié d'aller voir dans le dictionnaire. Il faut me pardonner, je suis pas, youps! je ne suis pas pour passer mes journées dans le *Larousse* juste pour vous expliquer ce que j'écris! C'est un peu trop demandé, comme dit mon père quand ma mère veut qu'il ramasse ses souliers ou bien le linge qu'il laisse traîner. Parce que mon père laisse tout à la traîne.

La soirée a été tout à fait inoubliable. Ce n'est pas croyable comme c'est beau la lune, les étoiles, les planètes! Vénus, Jupiter, Mars… J'aurais passé la nuit à les regarder.

Chanceux comme je le suis, quand vient le temps de retourner chez moi et que je veux reprendre mon kaléidoscope, il n'est plus sur le divan. Toupie, le chien de Sam, l'a pris et l'a mâché avec ses dents pointues. Tout ce qui reste, c'est des miroirs et un peu de verre coloré. Pour me faire oublier ce malheur, Sam me prête son microscope pour une semaine. J'ai de la difficulté, je vous le jure, à me consoler d'avoir perdu en si peu de temps le plus beau cadeau de ma vie. Je sais d'avance ce que ma mère va me dire : « Voilà ce qui arrive quand on est négligent. Tu tiens vraiment de ton père, tu es aussi traîneux que lui. » Elle pourrait bien dire à la place, mais elle ne le dira pas : « Voilà ce qui arrive quand on a un chien qui mange tout. »

9

La fête des Rois

Avez-vous déjà rêvé d'avoir une invitation ? Moi, vous saurez, j'y rêve tous les jours. Non, pas tous les jours, faut pas exagérer, youps ! il ne faut pas exagérer, mais souvent. C'est parce qu'une invitation, c'est le fun à recevoir. On sait, youps ! nous savons d'avance que nous allons avoir du plaisir. Quand je n'en ai pas, je m'invite moi-même dans ma tête. Comme là, j'espère que Sam va m'inviter pour la fête des Rois. J'aimerais être un roi un jour. Ça doit être plaisant de s'asseoir sur son trône pour se faire servir : oui, Votre Majesté ; non, Votre Majesté ; merci, Votre Majesté. C'est curieux, les rois et les reines, nous les appelons par toutes sortes de noms. Par exemple, quand on dit, youps ! quand nous disons majesté, c'est bon pour les deux. Mais ce qui n'est pas bon pour les deux, c'est empereur, parce que sa femme c'est pas, youps ! ce n'est pas l'empereur, c'est l'impératrice. Ça, c'est un drôle de nom. Il y a aussi le souverain et la souveraine. Nous pourrions juste dire monsieur le roi et madame la reine. Ce serait assez. Mais non, il faut leur donner du souverain, souveraine, roi, reine, empereur, impératrice, majesté, puis quoi encore? Je me demande pourquoi nous leur crions autant de noms.

Avez-vous remarqué? Quand on y pense ben fort, une invitation arrive sans besoin de la demander. Youps! Il faut tout reprendre. Quand nous y pensons bien fort, une invitation nous arrive sans avoir à la demander. Je ne l'ai pas demandée, mais j'y ai tellement pensé que ça vient d'arriver. Sam m'invite chez lui à la fête des Rois. Pour une fois, ma mère veut bien me laisser y aller. Ça, c'est un autre miracle! Mon père a dû dire: «Étienne va y aller!» Et quand mon père dit: «Étienne va y aller!», Étienne y va.

Me voilà donc chez Sam pour partager la galette des Rois. Je ne sais pas pourquoi ils appellent ça une galette. C'est pas une galette. Youps! Ce n'est pas une galette, c'est comme des *buns*, mais toute d'un morceau. J'ai assez hâte de voir si je vais trouver le pois. Bravo! J'ai écrit: je vais!

C'est vrai que quand je vais chez Sam, je trouve que notre arbre fait dur. On peut pas le comparer avec le sien. Youps! J'aurais dû écrire: nous ne pouvons pas le comparer avec le leur. Leur maison semble avoir été passée à la cire à plancher. Elle brille de partout. En haut de l'arbre de Noël, il y a l'étoile de Bethléem. Sous l'arbre, dans la crèche, l'Enfant-Jésus a la visite des trois rois mages : Gaspard, Melchior et Balthazar, le préféré de Sam, parce que, comme lui, il est noir.

Vers midi, la maison est envahie par Marie-Antoinette Veilleux qui a huit ans. C'est la cousine de Sam du côté de sa mère. Pourquoi je dis que la maison est envahie ? C'est parce que, comme mon père dit quand il voit quelqu'un qui se pense trop : « Celui-là, il se prend pour le nombril du monde. » Des fois, il dit aussi que c'est un p'tit Jos connaissant. Le centre de l'univers, ça prend beaucoup de place. Eh bien, Marie-Antoinette Veilleux n'est pas vieille, mais elle se pense trop. Elle se balance comme une oie au milieu de sa basse-cour. Il y a rien que j'haïs autant que quelqu'un qui regarde par-dessus son épaule pour voir si tout le monde le voit. En voilà une, dirait ma mère, qui est très préoccupée de sa petite personne. Elle est la grande vedette à elle toute seule. Elle donne des ordres à sa mère. Elle passe son temps à se plaindre. Le verre de jus qu'elle a demandé n'arrive pas assez vite à son goût. Du haut de son trône, dirait mon père, elle règne déjà sur ses sujets avec autant d'autorité que la reine qui, comme tout le monde le sait, s'appelait aussi Marie-Antoinette. Que voulez-vous, il faut bien pour cette fête des Rois, une future reine ! Si ma mère était là, elle dirait certainement : « En voilà une grand'conduite ! »

Dans la galette des Rois sont cachés le pois et la fève. Tout le monde veut les trouver. La galette attend sur la table avec son secret. Depuis que Marie-Antoinette est arrivée, je ne veux plus devenir le roi. Tout d'un coup qu'elle serait la reine! Monsieur Maheu reçoit la première tranche. Madame Maheu donne la deuxième au centre de l'univers. Sam a la troisième et moi, la quatrième. Les heureux parents de la future impératrice se servent en dernier en même temps que la mère de Sam. Madame Maheu est assez belle! Elle sent bon comme jamais. J'aimerais me coller dessus pour la sentir encore plus. Elle dit: «Allons, mangez!» Nous commençons à grignoter notre morceau de galette. Grignoter, ça veut dire manger par petits morceaux. Nous nous attendons, d'un moment à l'autre, à voir apparaître le pois ou la fève. Soudain, un cri immense retentit. Marie-Antoinette crache le pois. Elle se met à pleurer. Elle dit qu'elle n'est pas un garçon. Nous le savons. Elle ne s'est certainement pas vue.

Malheur de malheur, je trouve la fève entre mes dents. Je pense l'avaler sans rien dire. Mais il faut pas, youps! il ne faut pas. Comme dit mon père, il faut jouer le jeu jusqu'au bout. Je la sors de ma bouche en souriant. Il y a des applaudissements. Une discussion arrive tout de suite. La mère de Sam dit: «Il va falloir faire la permutation du pois et de la fève.» Ça veut dire donner la fève à la future reine et le pois au futur roi. La permutation du pois et de la fève se fait. Tout le monde est content excepté le centre de l'univers. Elle ne veut pas pantoute en entendre parler. Elle a beau crier, la couronne du roi arrive sur ma tête. Celle de la reine met du temps à tenir sur la sienne. Pour moi, elle est trop enflée, sa tête. C'est vrai! Qui sait? Elle est peut-être déjà reine de Saint-Georges et impératrice de la Beauce.

Après le couronnement, il y a quelqu'un qui dit: «Le roi doit embrasser la reine.» Voilà Marie-Antoinette qui se tord dans tous les sens pour éviter mon baiser de roi. Je suis plus rouge que mon manteau. La reine me repousse. Mais je parviens, et j'en suis très fier, à lui plaquer un bec sonore en plein sur la joue, comme le faisait autrefois ma chère Lucia. Elle fait « ouache! » avec la face pleine de grimaces, comme si elle venait d'attraper la lèpre. Elle s'essuie la joue avec sa manche, puis elle me lance un regard qui tue. Quand il faut qu'elle m'embrasse à son tour, elle hurle tellement fort que je me bouche les oreilles. Elle se lève de son trône, puis lance sa couronne sur le sapin. Elle s'enfuit en hurlant dans la cuisine. Deux minutes après, la v'là qui s'en va, la tête haute, vers son royaume. Son père qui la suit fait le sujet, et sa mère, le complément. Ça fait finir la fête des Rois.

Le lendemain, qu'est-ce que je trouve dans le banc de neige derrière la maison des Maheu? Leur sapin avec toutes ses décorations.

Je demande à Sam :

— Ton père a vraiment jeté son sapin ?

— Euh ! Les fêtes sont finies.

— Il ne garde pas les décorations ?

— Pourquoi ? Elles sont plus bonnes.

— Bien sûr qu'elles le sont, elles peuvent encore servir.

Je mets un temps fou à ramasser les boules, les glaçons et les étoiles. À l'avenir, nous allons décorer notre sapin de Noël avec ça.

10

La mi-carême

Le temps des fêtes, c'est comme un souvenir. Ma mère nage dans ses prières. Elle est de même. Il faut tout le temps qu'elle prie. Pour moi, au ciel, tout le monde est sourd. Personne ne l'entend. C'est pour ça qu'elle est obligée de recommencer toujours. Ma mère me dit que si je veux obtenir une faveur, j'ai seulement à la demander à la Sainte Vierge. J'ai juste à dire : *Je vous salue Marie pleine de grâces.* Il y en a qui disent : je vous salue Marie pleine de graisse. C'est parce qu'ils ont dans la tête que grâce, ça veut dire grosse. Mais moi, je sais que le mot qui veut dire grosse, ça s'écrit grasse et pas grâce de même avec un accent. Je pense que la Sainte Vierge a trop de demandes de faveur pour penser à moi. De toute façon, elle ne répond jamais. En plus, elle est certainement sourde, elle aussi. D'habitude, quand tu demandes quelque chose à quelqu'un, tu n'as pas besoin de le répéter cinquante fois comme dans le chapelet. Une fois, c'est assez, il me semble. C'est pour ça que je lui fais mes demandes rien qu'une fois. Elle n'a pas l'air à comprendre, youps! de comprendre. Peut-être qu'elle parle pas français, youps! qu'elle ne parle pas pantoute.

Pour le moment, c'est le carême. Si vous ne savez pas c'est quoi, le carême, je vais vous le dire : c'est plate. Il ne faut pas manger de bonbons pendant quarante jours juste parce qu'il paraît que Jésus a passé quarante jours dans le désert sans rien manger. Moi, je ne crois pas qu'il a rien mangé. S'il avait eu des bonbons, il en aurait mangé comme tout le monde. C'est juste parce qu'il n'y en avait pas qu'il n'en a pas mangé. Et voilà que nous autres, nous sommes obligés de faire comme lui. Ma mère dit souvent qu'il ne faut pas singer les autres. Pour singer Jésus, par exemple, elle est toujours d'accord.

Au beau milieu du carême, pour se reposer un peu des faces longues et misérables, il y a une fête qui s'appelle la mi-carême. Tout le monde met des masques et prend des faces de mi-carême. De même, on voit pas, youps! nous ne voyons pas en dessous si les gens rient ou pleurent. C'est reposant de voir d'autres faces que les faces habituelles.

Il y a des centaines de masques. Nous voyons des croque-mitaines, des diables, des fées, des lutins, des sorcières et même le bonhomme Sept Heures. Ils marchent dans les rues. Ils s'arrêtent pour gesticuler devant la fenêtre où je les regarde. Gesticuler, ça veut dire faire des grands gestes pas beaux. J'aime mieux être derrière la fenêtre, parce qu'il y en a qui sont vraiment épeurants, les diables surtout.

Sam vient me prévenir qu'on pourra, youps! que nous pourrons les voir tous ensemble le soir même sur la patinoire. Je demande à ma mère la permission d'y aller avec Sam. C'est tout de suite non. Heureusement, mon père est à la maison. Il dit: «J'irai avec eux.» Ça règle le problème.

C'est de même que je peux aller à la rencontre des personnages avec des masques. Parce que mon père est avec nous autres, je marche sans avoir peur. Si jamais l'ogre des forêts veut nous attaquer, mon père va crier si fort que l'ogre va se sauver. Parce que quand mon père parle fort, tout le monde a peur. Lui, il a du fun. Il rit. Ça lui fait plaisir de nous amener à la patinoire. Il s'amuse à nous raconter les mi-carêmes de quand il était jeune, avec un tas de sorcières, de dragons, de loups-garous, puis de feux follets.

Une fois arrivés à la patinoire juste éclairée par les lumières de la rue, vous ne savez pas ce que nous voyons sur la glace? Des fées, des lutins et des anges avec des sorcières, des gorilles et des diables. Ils tournent au son de la musique. Juché sur les bancs de neige à la hauteur des bandes, il y a tout plein de monde. Juché, ça veut dire grimpé. Après avoir trouvé une place à force de patience, nous voilà sur le bord des bandes près de la patinoire. Je peux enfin regarder les sorcières qui courent après les fées. Les feux follets se cachent derrière des clowns. Ils apparaissent ensuite devant des squelettes fluorescents et des loups sont aux trousses de petits cochons que nous appelons des cochonnets. Aux trousses, ça veut dire aux derrières. Je vois le Petit Chaperon rouge patiner avec sa mère-grand et ses dents pointues. Il y a aussi Cendrillon et Blanche-Neige. Ça doit être la musique qui a réveillé Blanche-Neige. Elle n'a pas besoin de chercher de prince charmant, parce que les sept nains tournent autour. Hon! pauvre elle! La voilà sur le cul au milieu du rond.

Toutes les faces de mi-carême tournent sans s'arrêter, comme dans une cage d'écureuil, autour d'un volcan éteint au beau milieu de la patinoire. Il y a un peu partout des ouvertures comme des trous dans un gros fromage par où passent les souris. J'aime assez ça! Sam aussi. Nous ne parlons pas. Tout d'un coup, dans les haut-parleurs, nous entendons un rire caverneux. Ça, c'est un rire comme il n'y en a pas. Les lumières s'éteignent. Il y a du feu en haut du volcan. Tout le monde arrête de tourner. Les faces de mi-carême s'en vont près des bandes. Il y a des bougies qui s'allument partout. Au milieu du volcan, Satan en personne apparaît avec un paquet de démons. Ils sautent sur la glace avec des fusées lumineuses, puis se mettent à danser et à tournoyer avant de partir devant leur chef. C'est plus fort que moi, je recule quand tous les diables passent devant nous autres avec leurs cornes et leurs fourches. Satan les suit. Il cherche quelqu'un. Il hurle : « Cette âme m'appartient, je l'aurai. » Les fées, avec leurs baguettes magiques, essayent de faire disparaître les diables. Mais les sorcières neutralisent leurs pouvoirs. Neutraliser, c'est dans le *Larousse*, ça veut dire annuler.

Les démons repassent devant nous autres à la fine épouvante. Ils font encore trois tours, le diable aux fesses. Ils disparaissent comme ils sont apparus. Je pousse un long soupir. Sam me dit :

— T'as peur ?

— Non, mais j'aime pas le diable.

— C'est pas un vrai.

— T'en es sûr ?

Il a beau essayer de me rassurer, ça ne pogne pas. Quand on a des fesses, youps ! quand nous avons des fesses sur la conscience, c'est mieux de nous tenir loin du diable et de l'enfer.

Les clowns, les lutins, les feux follets reviennent avec des bougies. Ils se remettent à tourner normalement. Le démon, lui, il est hypocrite ! Il en profite pour se faufiler entre eux autres. La première chose que je sais, c'est que je me retrouve dans ses bras. Il m'entraîne en ricanant. Il crie : « La voilà, l'âme qui m'appartient. » Je me débats comme un diable dans l'eau bénite. Il va m'entraîner directement en enfer. Mais non ! Après un tour dans ses bras, je me sens comme de la compote. Il me dépose près de mon ami Sam. Ouf! Je pisse dans mes culottes. C'est froid et chaud sur mes cuisses et mes jambes. Mon père rit de me voir blême de même. Je me mets à trembler. Pourquoi ce démon m'a-t-il choisi parmi tous les pécheurs? Quand il me regarde, mon père rit encore plus fort. Ma mère dit que mon père, il a des idées pas comme les autres. C'est vrai, parce que mon père, quand il part sur une *shire*, ce n'est pas ordinaire. Une *shire*, je ne sais pas trop comment ça s'écrit. J'ai demandé au frère Sigismond. Il a dit que ce n'est pas un mot français. Il ne sait pas d'où il sort. Il faut le remplacer par perte de maîtrise ou dérapage, quelque chose de même. Tout ça pour dire que quand il dérape, mon père fait des choses spéciales. Je me demande si ce n'est pas lui qui a dit au diable de venir me chercher. Si c'est lui, il va me le payer, parce que moi, je n'ai pas envie de rire pantoute. Si j'avais eu de la poudre d'escampette aussi, j'en aurais donné au diable. Ça, c'est une poudre que tout le monde veut prendre. Quand ils la prennent, ils sont obligés de se sauver avec.

11

La cabane à sucre

Je ne suis jamais allé à la cabane à sucre. Sam dit qu'il y va chaque année. J'espère qu'il va penser à moi, parce que j'ai la cabane à sucre dans la tête depuis plusieurs jours. J'y pense très fort, comme ça, Sam ne m'oubliera pas. Mais j'ai un doute. Qu'est-ce que je pourrais faire pour qu'il ne m'oublie pas ? Je pense que je vas écrire, youps ! que je vais écrire en grosses lettres sur une feuille : CABANE À SUCRE. Non, je vais en dessiner une, puis lui montrer le dessin.

Je n'ai pas eu besoin de le faire. Sam m'invite à la cabane à sucre. C'est bien pour dire ! On se fait des idées, youps ! nous nous faisons des idées et quand ça arrive, nous v'là tellement surpris que nous avons envie de pleurer. Nous pouvons pleurer aussi quand nous sommes contents. Dans ce temps-là, nous avons des larmes de joie. Lucia me l'a dit.

Quand j'ai dit à ma mère que Sam m'a invité, elle a dit non. J'ai pensé à mon affaire et j'ai décidé de lui demander encore quand mon père serait là. Quand il est arrivé, il est intervenu : « Étienne n'a jamais eu le plaisir d'aller aux sucres, il ira. » C'est pour ça que dans la voiture des Maheu, à matin, on part, youps ! ce matin nous partons de Saint-Georges pour la cabane à sucre de Saint-Prosper.

※

Sam m'a beaucoup parlé d'eau d'érable, de sirop, de tire sur la neige. Je vais enfin savoir ce que c'est une partie de sucre. Ah ! Je suis content parce que je m'ai pas trompé, youps ! je ne me suis pas trompé. Mais j'ai écrit : je vais ! C'est vrai que les phrases sont mieux de même.

Nous faisons une dizaine de milles. Monsieur Maheu tourne sa voiture sur une route de rang. Il y a un chemin dans la neige molle. Au bout, on voit, youps ! nous voyons au loin une maison. Sam s'énerve. Il dit : « Nous arrivons ! » La voiture s'arrête devant la ferme où il y a déjà au moins quinze personnes. « Mes cousins et mes cousines sont là, dit Sam, toute la famille est invitée. » Il m'amène tout de suite. « Viens faire connaissance avec mes cousins et mes cousines. »

Il y a le costaud Jean-Baptiste. Costaud, ça veut dire fort. Le rouquin Robert. Rouquin, ça veut dire roux. La mignonne Claudette. Ça, vous savez ce que ça veut dire, puis la jolie Marie-Anne, ça aussi vous savez. Mais j'en ai oublié une. Qui est-ce que je vois t'y pas? Le centre de l'univers en personne, Marie-Antoinette de la fête des Rois! Elle n'a pas changé pour deux *peanuts*. Nous v'là juste arrivés, Sam et moi, qu'elle me fait une grimace royale. Après, elle se retourne et regarde par-dessus son épaule pour voir si son bonjour amical a fait de l'effet. Nous avons décidé, Sam et moi, de la laisser mijoter dans son jus, comme dirait ma mère. Elle ne viendra pas briser encore une fois notre fun. Sam laisse entendre qu'elle ne perd rien pour attendre et quand Sam dit ça, je sais qu'il va se passer quelque chose. J'ai déjà hâte de voir. Nous sautons dans un des traîneaux tirés par un cheval. Il passe par les bois. Il nous conduit direct à la cabane à sucre.

Comme toujours, Sam ne perd pas un instant. Je n'ai jamais vu quelqu'un d'aussi pressé que lui. Sa mère dit comme ça, en riant, qu'il a le tournis. Ça veut dire qu'il tourne tout le temps comme un tourniquet. On dirait, youps! (le frère Sigismond a dit d'écrire il semble à la place de on dirait), il semble qu'il y a toujours quelque chose qui le démange. Dès que nous arrivons à la cabane, il m'entraîne avec lui. Un cheval tire un traîneau avec un énorme baril de bois couché dessus. Le baril est ouvert par en haut.

— Nous allons ramasser l'eau d'érable.

— Où ça?

— Dans les bois des alentours.

À chaque érable, il y a une chaudière accrochée à un chalumeau fixé dans l'arbre. Un chalumeau, ce n'est pas une flûte comme celle des bergers de Noël. Non, un chalumeau, c'est un petit tuyau de fer rentré dans l'érable avec dessous un crochet pour accrocher la chaudière. Au bout des chalumeaux, l'eau d'érable tombe goutte à goutte dans les chaudières qui se remplissent. Une fois par jour, il faut faire le tour des milliers d'érables pour ramasser l'eau et vider les chaudières. C'est ce que j'ai appris.

Le cheval a de la misère à avancer dans la neige molle. Nous courons d'un érable à l'autre décrocher les chaudières pleines pour les vider dans le baril du traîneau. C'est essoufflant en pas pour rire! Il faut retourner accrocher les chaudières vides à leur chalumeau. Puis nous recommençons pour les arbres suivants. Je suis pas pire, j'ai pensé à écrire puis. Youps! mais je viens d'oublier un ne. Au bout de deux heures, nous revenons avec un baril plein et «une faim de loup, ou! ou! ou!» comme dirait mon père.

À la cabane à sucre, les crêpes, les fèves au lard, les œufs dans le sirop sont là avec, il faut le dire tout bas, des oreilles de Christ. Ça, c'est de la couenne de lard grillée. C'est pas bon! Il y en a qui ne disent pas que c'est des oreilles de Christ. Ils disent que c'est des oreilles pas mangeables. C'est pas pareil pantoute!

Pour moi, c'est pour ça que ça s'appelle des oreilles de Christ.

Hum! Ça sent bon en cimetière dans la cabane! Il y a plein de senteurs mêlées à l'eau d'érable bouillante et aux bûches pétillantes. Quand j'ai beaucoup faim, ma mère dit : « Cesse d'engouffrer! » Bien là, j'engouffre une assiette grande comme un ogre. Après, l'oncle à Sam, youps! l'oncle de Sam me montre comment l'eau d'érable chauffée devient du sirop. Pendant que les cousins et les cousines de Sam flânent autour de la cabane, nous préparons une montagne de mottes de neige. Sam part. Il crie à ses cousins et ses cousines : « Bande de peureux! » Il est comique à voir. Il leur fait des grimaces. Les v'là qui approchent comme des loups. Avec nos munitions cachées dans les bois, nous ne les manquons pas. Ils s'arrêtent et font semblant de ne plus vouloir jouer. C'est une ruse. Quand on fait semblant, c'est parce qu'on a une idée derrière la tête. Youps! J'ai pas le temps de bien écrire. Ah! que le frère Sigismond ne serait pas content. Tant pis!

Nous changeons de place pour les attendre avec d'autres munitions. Ils reviennent avec des mottes eux autres aussi. Là, ça crie et ça hurle, ça fait des « aïe! » « oh! » « ah! » « ayoye! ». Ça dure longtemps. Nous n'avons plus de mottes de neige. Les cousins et les cousines ont le dessus. Me voilà sur le dos dans la neige. Il y a un cousin de Sam bien plus grand que moi qui me fait un lavage avec de la neige dans le visage. J'en ai plein la bouche, le cou, les yeux, les cheveux, les oreilles, alouette! Ouf! il me lâche. J'en profite pour reprendre mon souffle et nettoyer mes yeux et mes cheveux. Vous ne savez pas ce qui m'arrive? Quelqu'un me saute dessus! C'est Claudette, la cousine de Sam. Elle me serre très fort et m'embrasse sur la bouche. Ça, c'est quelque chose de surprenant! C'est doux, ce n'est pas croyable. Je reste là, étendu dans la neige. Je me demande ce qui se passe, parce que dans mes culottes, mon oiseau grossit, grossit…

Puis, j'entends dong! dong! dong! C'est des coups de bâton sur le fond d'un chaudron. C'est pour nous rappeler à la cabane pour le plus plaisant de la journée: la tire sur la neige. Dehors près de la cabane, il y a une marmite avec un gros ventre au-dessus d'un feu de bûches. Dans la marmite, l'oncle de Sam a mis du sirop. Il a assez chauffé pour qu'il se transforme en tire, pas l'oncle, le sirop. C'est de même que ça se fait. L'oncle de Sam est en train d'étendre la tire sur la neige. La tire durcit, mais pas dur, dur. Avec des palettes en bois, nous prenons des bouchées grosses comme le poing. Ma mère dirait: « des bouchées à faire crever ». La tire colle un peu après nos dents. Sam, il a des belles idées, des fois. Il dit que la tire coule dans sa gorge comme un ruisseau doré. Sa mère est là. Je pense qu'il y a rien de plus beau sur la terre que la mère de Sam quand elle sourit. Elle dit:

— N'en mangez pas trop, ça finit par donner le va-vite.

— Le vole-vite, ricane Sam.

Il attrape avec sa palette un de ces morceaux de tire. Il l'avale en glouton. Ça lui coule de chaque bord de la bouche. Nous sommes crampés. Ça, c'est être heureux! Tout le monde rit. Des femmes chantent: «En caravane, allons à la cabane, ho! hé! ho! On n'est jamais de trop pour goûter au sirop, pour goûter au sirop d'éra-a-ble.»

Pendant que la tire me sort par les oreilles, Sam disparaît. Où est-ce qu'il est passé? Ah! pas bien loin, parce qu'il revient, les deux mains derrière le dos. Il me dit de fermer les yeux, qu'il a une surprise pour moi. J'ai tout juste les yeux fermés, qu'il me passe les mains vite, vite dans la face. Tout de suite quand j'ouvre les yeux, j'aperçois tout le monde qui me regarde. Il y en a qui me montrent du doigt. Ça rit comme jamais. Ce n'est pas croyable! Je me demande ce qui se passe. Une tante de Sam sort un miroir de sa sacoche. Quand je me vois dedans, je me crois devenu le jumeau de Sam. Je ressemble à un ramoneur. Le môzusse de Sam a passé ses mains sous la marmite pour faire de la tire. Il m'a barbouillé la face de suie. La reine Marie-Antoinette en profite pour me rire au nez. Elle me traite de roi des nonos.

Mais vous ne savez pas la meilleure? Sam passe derrière elle. En un tour de main ou en un tourne-main, mais en tous les cas bien vite, il la transforme en impératrice d'Afrique. Si vous aviez entendu le cri de rage qu'elle a poussé! C'était pas beau à voir, non, pas beau à entendre. C'est à cause d'elle, encore une fois, que la fête finit. Les traîneaux nous attendent près de la cabane. Assis à côté de Sam, au bout du traîneau, je me sens tout d'un coup encore plus ami avec lui. Ça a pris juste un peu de suie.

12

La parade

La mi-avril finit par nous rejoindre avec, comme dit mon père, son déluge de soleil. Lui, mon père, il écrit bien. Il a plein d'idées pas comme les autres. Quand il les écrit, c'est drôle. Je pense que c'est encore meilleur que le frère Sigismond. Je lui ai demandé ce qu'il écrirait après ça: «La neige fond comme...» Il a dit: «... comme du beurre dans la poêle.» Il y a partout des rigoles qui se jettent dans les fossés et la rivière. Une rigole, ça c'est comme un canal qui rit. Le temps des sucres achève. Des fois, nous pouvons laisser notre tuque et notre foulard à la maison.

Sam est comme les messieurs du journal. Il connaît toutes les nouvelles de la ville. Il me dit un beau midi:
— Euh! Après l'école, viens-tu avec moi?

— Où ça?

— Au retour des *lumberjacks*.

— Les quoi?

— Les bûcherons qui ont passé l'hiver aux chantiers.

Je ne sais pas pantoute ce que sont les *lumberjacks*, mais je connais les bûcherons. C'est des hommes qui travaillent l'hiver dans les bois, à des places qui s'appellent des chantiers. Il y a une légende sur ça. Lucia me l'a racontée à Baie-Saint-Paul. Une légende, c'est une histoire inventée. Elle s'appelle la chasse-galerie. Ce n'est pas quelqu'un qui chasse sur sa galerie! Ça raconte que les bûcherons ont passé un marché avec le diable. C'est pour ça qu'ils reviennent aux fêtes dans un canot qui flotte dans le ciel. Si Sam veut tellement aller les voir arriver, c'est que ça vaut la peine. Je décide d'aller avec lui.

Après avoir laissé nos sacs chez Sam et obtenu l'autorisation spéciale de sa mère, nous courons le long de la rivière Chaudière jusqu'à la route qui va à Saint-Prosper. En bas de la côte, il y a des dizaines de personnes comme nous autres, venues pour assister à cette parade. À la brunante (la brunante, c'est quand il commence à faire noir), nous voyons avec beaucoup de misère des points noirs sur la route, avec des étoiles autour, qui s'en viennent tranquillement pas vite vers nous autres. Quand ils approchent un peu, on aperçoit, youps! nous apercevons des grands traîneaux de bois chargés, éclairés par des fanaux (comme baux, chevaux, fanaux) et tirés par des chevaux. À partir d'icitte, youps! d'ici, c'est le frère Sigismond qui a écrit le reste parce que j'ai essayé, mais je n'étais pas capable de le faire comme il faut. Il dit que j'en ai encore beaucoup à apprendre dans les descriptions. Je lui ai raconté la procession. Il a écrit comme ça, sans se casser la tête : « Les chevaux étaient harnachés de rubans multi-colores. Fixée à leur bride, au-dessus de leur tête, se détachait nettement une couronne faite d'un demi-cercle de baril, enveloppée de batiste rouge, bleu, vert, jaune sur lequel paraissait un dessin différent. Une bûchette suspendue dans le demi-cercle rappelait le but de cette parade. Des grelots tintinnabulaient au rythme du trot des chevaux. » Avant que je l'oublie, tintinnabuler, ça veut dire sonner. C'est marqué de même dans le *Larousse*. Ça, c'est un mot qui sonne bien ! Ce n'est pas croyable comme c'est beau ce que le frère Sigismond a écrit. J'ai hâte d'écrire de même.

Après, pour continuer, Sam et moi cherchons une place sur une clôture. Je dis à Sam :

— Allons nous assir !

Voilà que je me mets à douter. Est-ce qu'il faut dire s'assir ou s'asseoir ? Va falloir que je demande au frère Sigismond. Les autres, ils disent souvent qu'ils vont s'assir ! Le frère Sigismond, dans ce temps-là, explique toujours : « Ce n'est pourtant pas compliqué, les enfants, vous avez juste à penser à l'expression : "Il ne faut pas s'asseoir sur ses lauriers." » Je lui ai demandé ce que ça veut dire, mais il n'a pas voulu me l'expliquer. Il se déprend toujours en répondant : « Cherche dans le dictionnaire.» C'est plate, il faut toujours chercher dans le dictionnaire. J'ai regardé à laurier. C'est marqué : laurier, arbre des régions méditerranéennes. Les régions méditerranéennes, je sais ce que c'est, je connais la chanson : «Sur la mer Mé-Mé-Méditerranée, sur la mer Mé-Mé-Méditerranée, ohé ! ohé !»

Ne pas s'asseoir sur ses lauriers, ça veut dire qu'il ne faut pas s'asseoir sur ces arbres-là. Le frère Sigismond a ri quand j'ai dit ça. Pour lui, je n'ai pas regardé assez loin dans le dictionnaire. Il a raison parce que c'est marqué : s'asseoir sur ses lauriers, ne plus rien faire après un succès. Ça veut dire qu'on a toujours des croûtes à manger et qu'on peut toujours s'améliorer et apprendre. C'est de même que le frère Sigismond me l'a expliqué. Il a dit aussi : «Ça fait cent fois au moins que je te le dis, tu répètes toujours les mêmes fautes. Tu écris : on a, plutôt que nous avons, pis à la place de puis, icitte plutôt qu'ici, pantoute au lieu de pas du tout. Tu écris aussi toute au lieu de tout, boute au lieu de bout. Tu oublies encore tes négations et tu écris j'ai répond au lieu de j'ai répondu.» J'ai dit : «Ma mère dit toujours j'ai répond.» Eh bien, il paraît qu'elle a pas raison, youps ! qu'elle n'a pas raison de parler de même. Je lui répéterai pas, youps ! je ne le lui répéterai pas si je ne veux pas déclencher une catastrophe abominable. Je vais faire encore plus attention. On peut pas être toujours parfait. Youps ! Je viens encore d'écrire on au lieu de nous. J'ai aussi oublié un ne. J'aurais dû écrire : nous ne pouvons pas toujours être parfaits. Une négation, c'est quand il faut mettre un ne. Maudit que c'est difficile, le français! J'ai dit maudit, ce n'est pas correct, mais ça fait du bien pareil de le dire, ça fait du bien en maudit, non, en cimetière.

Bon, tout ça pour dire que les traîneaux ont passé un après l'autre devant nous autres. Tout le monde était énervé. Ça criait beaucoup! Il y avait plein de monde dans la rue en arrière du dernier traîneau. Après, nous avons suivi jusqu'à la porte du cabaret. Un cabaret, c'est comme une auberge ou bien un hôtel, et un hôtel, c'est un endroit pour coucher et manger. Je le sais parce que mon oncle en a un.

Quand nous arrivons à l'hôtel, il n'y a plus rien à voir. Les traîneaux sont tout le long du trottoir. Il y a des couvertes sur le dos des chevaux. Quelques grelots tintent ou tintinnabulent (comme a écrit le frère Sigismond) quand il y en a un qui bouge. Le fun est pris à l'intérieur. Nous entendons des cris et des fêtards qui rient fort. Des fêtards, c'est des gens qui fêtent. De temps en temps, nous entendons des rires plus forts encore, quand quelqu'un entre ou sort du cabaret. Après avoir tourné quelques minutes autour des traîneaux et des chevaux, nous n'avons plus rien à faire.

Sam me dit:

— Attends, je reviens.

Sam est curieux comme une belette. J'en ai vu une près de la cabane à sucre. Elle se sauvait entre les arbres et s'arrêtait, puis comme la cousine Marie-Antoinette, elle levait la tête pour voir si nous étions toujours là. Elle repartait, s'arrêtait, levait la tête encore et toujours de même à la suite. Elle a fait ça des dizaines de fois. C'était tordant. Quand Sam dit : « Attends, je reviens ! », c'est parce qu'il va fouiner comme une belette d'un bord à l'autre. Après ça, il arrive et chuchote : « Viens voir ! »

Je le vois qui s'en va de l'autre côté du cabaret. Un cabaret, c'est aussi un endroit où les enfants n'ont pas le droit d'aller. Je l'attends. Il revient. Il m'appelle avec sa main. Je m'approche. Il répète :

— Viens voir !

Il me montre une fenêtre éclairée avec une lampe à l'huile.

Sur le bout des pieds, le nez collé à la vitre, je vois un homme et une femme tout nus, couchés sur un lit, qui jouent au p'tit galop. L'homme est monté sur la femme et il saute sur elle comme un cow-boy sur son cheval.

Je demande à Sam :

— À quoi ils jouent ?

— Euh ! À saute-mouton.

— Ça serait pas plutôt au p'tit galop ?

— Non, c'est à saute-mouton.

— T'es sûr ?

— Ouais ! J'ai vu mon père et ma mère jouer. Ils ont dit que c'était à saute-mouton.

— Pourquoi ils jouent tout nus ?

— Euh ! Parce que ça saute mieux.

Je regarde une autre fois pour voir s'ils sautent encore. La femme m'aperçoit. Je ne sais pas pourquoi, mais elle pousse un cri. L'homme vient vite vers la fenêtre. Il l'ouvre. On entend : « Maudits écornifleux ! » Nous sommes déjà loin, à la course vers la maison.

Ma mère est inquiète comme une mère inquiète. Elle m'attend, fâchée comme ce n'est pas possible. Moi qui voulais lui raconter en long et en large l'arrivée des bûcherons et lui demander si elle joue parfois à saute-mouton avec mon père, je ne peux pas dire un seul mot. Elle m'attrape par le chignon du cou. Elle me fait un sermon long comme la fin du monde. Je lui dis que je regrette de ne pas avoir pensé à la prévenir. Ça la calme un peu. Mais je sais que si je lui avais demandé la permission, je n'aurais pas vu les bûcherons ni le saute-mouton. C'est comme ça ! Ma mère ne veut jamais rien. Avec elle, faut pas faire ci, faut pas faire ça, faut pas cracher par terre, se moucher avec ses doigts, rire fort, saper quand on mange, mettre les coudes sur la table, siffler, dire des gros mots et même chanter quand on n'est pas à l'église. Mais surtout, ce qu'il ne faut pas, c'est péter et roter.

Mon père, lui, il veut toujours. La seule chose qu'il ne veut pas, c'est que je dise des gros mots. Il dit qu'il ne faut pas se servir des ustensiles du curé sinon le curé n'en aura plus. Je sais pas, youps ! je ne sais pas trop ce qu'il veut dire par là. Mais les gros mots du curé qu'il ne faut pas dire sont : hostie, tabernacle, calice, ciboire, sacrement. Il y en a d'autres. Moi, je ne les sais pas et je ne les dis pas. Quand je suis fâché, je dis cimetière ! Pis là, comme je suis vraiment fâché, je dis cimetière de cimetière !

13

La punition

Le lendemain, c'est un samedi. Je m'en souviens parce qu'on est, oups! nous sommes en congé. Pour me punir de ma désobéissance, ma mère m'enferme au deuxième étage du hangar pour tout l'après-midi. Ça fait à peu près une heure que je tourne en rond. Je m'assis ou je m'assois sur les cordes de bois. Je me lève. Je me ronge les ongles. Tout d'un coup, j'entends les pas de Sam dans l'escalier extérieur. Je sais que c'est lui, parce qu'il ne monte pas comme les autres. Il monte comme s'il déboulait. Il vient me chercher. Quand il passe devant la porte de ma prison, je cogne dessus.

— Sam, c'est toi?

— Euh! Oui, c'est moi.

— Pour me punir, ma mère m'a embarré ici jusqu'à cinq heures.

— Euh! Pauvre Étienne. Je vais chercher une hache pour faire sauter le cadenas?

— Non! Non! Fais pas ça, tu vas me faire tuer!

— Euh! Je l'ai! Saute par la fenêtre!

— Es-tu malade? Je vais me casser le cou.

— Il faut te sortir de là au plus vite, euh! je fais le tour du hangar. Je vais te parler d'en bas.

Quand je le vois apparaître dans la cour, j'ouvre la fenêtre. Je la garde ouverte avec un bout de bois.

— Sam, trouve-moi un câble. Je vais descendre par icitte, youps! par ici.

Il ouvre ses grands yeux comme quand il réfléchit fort. Il se tape sur la tête, tourne un moment sur place comme une toupie. Il a le tournis. Après, il part au grand galop. Je sais qu'il vient de se souvenir où il en a vu un. Il arrive, pas longtemps après, avec un câble roulé sur son épaule.

— Où l'as-tu trouvé?

— Euh! T'occupe pas, attrape le bout.

Il me le lance trois fois avant que je le retienne. Quand je l'ai enfin agrippé, je l'enroule à la poutre au milieu du hangar. Je l'attache solide. Je m'accroche à l'autre bout qui pend par la fenêtre. Je me laisse glisser jusqu'à terre. Ce n'est pas long qu'on se trouve, youps! que nous nous trouvons sur la 1re Avenue. Des gens crient, des voitures klaxonnent. Klaxonner, ça veut dire crier avec un criard. Il y a quelque chose de pas normal qui se passe. Il y a une énorme truie au milieu de la rue.

— Viens vite, dit Sam !

Je m'écrie :

— Je la reconnais, c'est Alisa, la truie de madame Bluteau. Comment elle a pu sortir de son enclos ?

— Euh ! Moi, je le sais. Pour aller chercher le câble au mur de la porcherie, il a fallu que j'ouvre l'enclos. Autrement, la truie me fonçait dessus.

Énervée par tout le monde qui la suit, la truie court partout. Ça hurle, les femmes surtout. La truie continue son chemin. Elle grogne comme une bonne. Elle passe entre deux maisons puis se retrouve sur la grève. Elle s'arrête. Elle chie un de ces tas épouvantables. Je dis à Sam : « Une chance qu'elle vole pas, il y aurait de la marde partout. » Nous voilà crampés de rire. La truie se met à courir un grand, grand boute, youps ! un grand bout. Elle s'arrête juste dans un trou de vase. Un cochon, c'est vrai que c'est cochon. Essoufflés, nous la suivons comme si c'était saint Jean Baptiste dans la parade.

Après avoir couru pendant au moins un mille, la truie s'arrête. Ça sent la porcherie. Elle l'a senti avant nous autres. Elle bifurque puis fonce droit devant. Attiré par nos cris, le cultivateur ouvre l'enclos de sa porcherie. La truie rentre dedans comme si elle venait de gagner un gros lot.

— Quelqu'un sait à qui elle appartient ? demande le bonhomme.

Je réponds :

— C'est la truie de madame Bluteau, je la connais.

Il dit :

— Qui ça ? Madame Bluteau ou la truie ?

Et voilà tout le monde de bonne humeur. Ça rit, ça crie. Le fun est pogné.

Le cultivateur avec son fils font entrer Alisa dans une cage en gros morceaux de bois. Ils la lèvent avec un palan pour la mettre sur une charrette. Un palan, c'est un appareil pour lever des charges. Je leur dis où reste madame Bluteau. Nous les suivons. Ils portent Alisa jusque chez elle. La voilà qui sort quand elle nous voit, pas Alisa, mais madame Bluteau. Elle est comme qui dirait renversée par tout ça.

— Marci ben, monsieur, de m'ram'ner mon Alisa. Des gamins ont ouvert l'enclos, attendez que j'les attrape, y vont s'en souv'nir pour la vie.

— À l'avenir, fermez votre enclos avec une chaîne et un cadenas.

C'est curieux, je suis très distrait et j'ai eu tellement de plaisir que j'ai oublié l'heure. C'est parce que quand on s'amuse, l'heure passe si vite qu'on ne s'en rend pas compte. Ça me revient juste au bon moment, comme un signe du ciel. À l'horloge de l'hôtel de ville, c'est marqué cinq heures moins dix. Je retourne au hangar à la course. Sam n'a presque pas le temps de me suivre. Il crie :

— Qu'est-ce que t'as ? As-tu le feu au cul ?

— Ben non mais presque ! Il va être cinq heures. Ma mère va venir me chercher.

Le câble est toujours là. Je grimpe sur les épaules de Sam pour aller plus vite. J'accroche le câble, puis me voilà dans ma prison, gros-Jean comme devant. Me semble que ça veut dire : comme si je n'étais jamais parti. Le frère Sigismond appelle ça une expression. Je relance le câble à Sam. Je referme la fenêtre. Ouf! Je suis sauvé. Pas longtemps après, ma mère vient ouvrir. Elle rage. Je le sais rien qu'à son air. Elle parle les dents serrées. « Tu as profité d'un bon après-midi, eh bien, tu passeras une meilleure nuit encore. »

Avec un marteau et des clous, elle s'avance vers la fenêtre. Elle la cloue sans hésiter. Si mon père la voyait faire, il ne serait pas content. Ça chaufferait en pas pour rire. Elle me montre, sur une bûche, la pomme qu'elle est venue me porter cet après-midi pour collation. « Ce sera ton souper. Maintenant, retourne-toi. Baisse tes culottes! » Elle me flanque une de ces bonnes fessées! Les fesses me chauffent. Pour qu'elle arrête, il faut pleurer tout de suite. Quand elle voit une larme, elle fige. Je l'entends sortir. Elle barre la porte. Elle dit : « Cet enfant me fera mourir. » Ça, c'est Maurice Morin qui me l'a dit, c'est du chantage. À peine cinq minutes après qu'elle est partie, elle revient avec un coussin et une couverture. Je l'entends grogner : « Bonne nuit! » Elle s'en va pour de bon. Je n'ai pas fermé l'œil de la nuit. C'est une expression particulière pour quand on n'a pas dormi. Youps! J'aurais dû écrire : pour quand nous n'avons pas dormi. En plus des fesses de Cécile qui me reviennent comme ça à l'infini, je sais que je vais avoir bientôt aussi la mort de ma mère sur la conscience.

Il fait froid. Dès que ça craque quelque part, je pense qu'une bête féroce va me sauter dessus. Je tremble comme le bonhomme Tremblay, celui qui tremble tout le temps. Mais j'ai de la chance, parce que dehors, il y a des lumières de rue qui approvisionnent la nuit, non, qui apprivoisent la nuit. C'est un beau mot, apprivoiser. J'ai eu toute la nuit pour le trouver.

14

La débâcle

Pas longtemps après, comme je me lève le matin pour l'école, j'ai la surprise de ma vie. Nous voilà comme dans l'arche de Noé. La maison est entourée d'eau de tous les côtés. Il y a du monde en chaloupe sur la 1re Avenue. Qu'allons-nous devenir ? Par chance, mon père, lui, rien ne l'énerve. Il est justement à la maison. Ça fait du bien qu'il soit là. Il dit comme si ça arrivait tous les jours :

— C'est la débâcle.

— Qu'est-ce qu'une débâcle ?

— Tu le vois, la rivière est sortie de son lit parce qu'il y a un embâcle près du pont.

— Ça va durer longtemps ?

— Aussi longtemps que l'embâcle va tenir.

— Plusieurs jours ?

— Deux, trois ou quatre, tout dépendra.

— De quoi ?

— Des employés de la Ville, s'ils parviennent à dynamiter la glace sans faire sauter le pont.

Il ajoute aussi vite :

— Je ne gagerais pas sur le pont, je t'en passe un papier.

Câline de bine, ça veut dire que nous n'avons pas d'école. Par la fenêtre de ma chambre, je vois le pont. En dessous, y a des blocs de glace de pris et ça fait un barrage.

— La rive ouest de la rivière est plus haute que la rive est, m'apprend mon père, c'est pour ça que pour contourner le barrage, l'eau déborde dans la 1re Avenue. Elle emplit les caves des maisons, avant d'aller reprendre plus bas son cours naturel.

Je comprends mal pourquoi l'eau monte tellement dans la rue.

— Il y a un autre embâcle plus bas, m'explique mon père.

— C'est à l'île Gilbert, précise ma mère, c'est comme ça chaque année depuis que je suis petite.

— Il y a la débâcle tous les ans ?

— Chaque printemps, c'est pareil. Parfois, ça dure quelques heures, souvent plusieurs jours. Une année, elle a duré trois jours et trois nuits. Dans une débâcle, l'eau remplit les caves jusqu'au seuil de porte. T'es mieux de bien fermer ta porte, parce que des fois, elle monte même plus haut. Dans ce temps-là, il y a de l'eau jusque dans la cuisine et le salon. Ça fait beaucoup de problèmes. C'est comme ça. Il y a rien à faire.

Mon père a monté tout ce qu'il a pu au deuxième étage. Ma mère a peur que l'eau monte encore. La voilà partie dans ses longues prières à n'en plus finir. Ça va durer certainement jour et nuit. Elle prie pour que l'embâcle cède. Elle prie les saints, et plus particulièrement saint Jude, le patron des causes désespérées.

C'est le quatrième jour de débâcle. L'eau vient de disparaître de la 1re Avenue, comme quand elle part du bain. Il y a quelqu'un qui a dû tirer sur le bouchon. La rivière est retournée dans son lit. Ça, le lit d'une rivière, c'est là où la rivière dort d'habitude. Mais des fois, comme ça, elle va se coucher sur la 1re Avenue. Là, elle a trouvé un passage entre les blocs de glace sous le pont. Ma mère crie au miracle. L'eau a tellement baissé qu'il n'y en a plus dans la rue. Ma mère est partie à l'église faire brûler un lampion pour saint Jude. Après des jours gris de même, ça fait du bien de voir le ciel bleu avec ses petits nuages comme des choux-fleurs à la dérive. Pour avoir écrit ça, le frère Sigismond me donnerait cent pour cent.

Partout, les gens se dépêchent à vider les caves pour voir les dommages. Moi, à leur place, je ne serais pas si pressé. Mais les gens sont toujours bien énervés. Les pompiers installent des boyaux d'arrosage dans les caves pour les vider. Il y en a un chez nous. Mon père m'a expliqué comment ça marche. Les pompiers font le vide. Au bout d'une minute, le boyau se met à siphonner l'eau en dehors de la cave. Je ne sais pas comment ils font, mais c'est comme ça. Sam vient de me rejoindre. Je suis très heureux de le retrouver après ces trois longs jours.

— Euh ! Si on allait voir les dégâts ?

— Les dégâts ?

— L'eau et les glaces ont certainement brisé des quais.

Comme des Robinson Crusoë, nous voilà partis en expédition sur la 1ʳᵉ Avenue. La rue est pleine de rides, comme dans la face de la bonne femme Jacques. Il y a encore de l'eau dans les cours. La débâcle a emporté des morceaux de jardin. Des parties de quais ont disparu. Il y a toutes sortes de cochonneries partout. La rivière est encore jaune et méchante. Elle charrie ou charroie, en tous les cas, elle transporte des troncs d'arbres, des morceaux de bois, une toiture de hangar. Je me demande où les carpes ont pu passer pendant la débâcle. Je gage qu'une fois que la cave sera sèche, on va, youps ! nous allons en trouver tout plein sur le plancher.

Partout, les gens sont occupés à sortir l'eau de leur maison. Il y en a, des riches, qui ont installé des pompes à gaz. Elles recrachent l'eau dans la rivière comme Pâquiot le champion cracheur. Lui, il crache tout le temps. Il a gagné le concours de celui qui crache le plus loin. Il paraît qu'il a du visou que ce n'est pas croyable.

Les autres mettaient un crachoir, mettons à trois pieds. Il fallait cracher dedans. Ils reculaient le crachoir au fur et à mesure. Cinq pieds, dix pieds, quinze pieds… Pâquiot a été le seul à cracher dedans à tous les coups. Il paraît qu'il prenait une grosse chique et qu'il la mâchait jusqu'à temps qu'elle fasse beaucoup de jus. Il gardait sa chique comme ça dans sa joue, puis sloup! il crachait. C'était *right through* dans le crachoir parce que ça faisait cling! Ce n'est pas croyable!

Nous arrêtons au magasin de monsieur Quirion. Par les vitrines, on aperçoit, youps! nous apercevons les meubles à vendre montés sur des échafauds entre le plancher et le plafond. Une femme vient de sortir du magasin. Comme ma mère, elle s'écrie: « C'est un vrai miracle! »

Encore un autre miracle! C'est vraiment la journée.

Un homme qui passe dans la rue lui demande:

— Quel miracle?

— Figurez-vous, mon cher monsieur, que monsieur Quirion a placé une image de la Sainte Vierge sur une colonne dans sa cave. L'eau a cessé de monter. Elle n'a pas dépassé le bas de l'image.

— Je n'en crois pas un mot, a répond le bonhomme, youps! a répondu le bonhomme. On peut voir ça?

— Pour sûr! Monsieur Quirion vous le montrera lui-même.

Sam me regarde. Il me fait un clin d'œil. Quand Sam me fait un clin d'œil, ça veut dire qu'il va se passer quelque chose. Nous entrons dans le magasin derrière le bonhomme. Nous faisons semblant d'être ses enfants. Moi plus que Sam, parce que lui il est noir et le monsieur, il est blanc comme moi. Pourquoi nous disons tout le temps les Noirs et les Blancs? Sam est bien plus chocolat, puis moi, je ne suis pas plus blanc qu'un drap sale. Nous suivons le bonhomme pour voir comme lui le miracle. C'est rare, des miracles. Quand nous avons la chance d'en avoir un en personne à notre porte, il ne faut pas le manquer. Ma mère serait certainement la première rendue auprès d'un pareil miracle. Là, je me promets de le lui raconter.

Monsieur Quirion est trop pressé d'aller montrer son miracle pour s'occuper de nous autres. Il ouvre la porte de la cave. Ça sent drôlement le moisi et le fond de cave mouillée. Un escalier descend dedans. C'est normal! Ça prend un escalier ou une échelle pour descendre dans une cave de même. Là, en tous les cas, c'est un escalier. Sur une poutre de bois qui sert à tenir le plancher du magasin, il y a une ampoule électrique. Elle éclaire l'image de la Vierge Marie avec une couronne un peu plus grande que sa tête, sinon elle ne tiendrait pas dessus. Monsieur Quirion indique au bonhomme avec nous, non, au monsieur (c'est pas poli de dire bonhomme), une encoche dans le bois de la poutre. Il dit:

— L'eau est montée jusque-là.

Tout près, sur la même colonne, il y a d'autres encoches. C'est marqué les dates des années précédentes. Le monsieur examine la poutre comme nous autres. Avec son gros doigt, il pointe une entaille où c'est écrit dans le bois : 1940.

— Je suppose que l'eau est montée à cette hauteur cette année-là ?

— C'est ça, le miracle ! dit monsieur Quirion. Chaque année, sur cette colonne, je place cette image de la Sainte Vierge. L'eau arrête de monter à ses pieds.

Le monsieur examine la colonne encore, le nez collé dessus, comme s'il ne savait pas lire. Il a des grands yeux curieux.

— Euh ! dit Sam. Pourquoi vous mettez pas l'image par terre ? Comme ça, il n'y aurait jamais d'eau dans votre cave.

L'homme que nous avons suivi se met à rire.

— Il a raison, ce p'tit gars.

Monsieur Quirion, qui ne nous avait pas remarqués jusque-là, crie :

— Qu'est-ce que vous faites ici, p'tits vlimeux ? Vous n'avez pas d'affaire dans mon magasin.

Une chance, nous sommes près de l'escalier. Dans tout juste le temps pour le dire, nous sommes dehors. Le monsieur nous suit, encore pâmé de rire. Il parle tout seul : « Un miracle ! Ouais, pour un miracle, c'en est tout un ! En v'là une bonne ! » Je mettrais ma main au feu qu'en racontant ça à ses amis, il va prétendre que c'est lui qui a proposé de mettre l'image par terre.

15

La drave

Rendu à la maison, j'ai failli raconter l'histoire de l'image de la Sainte Vierge à ma mère. Mais ma mère voit des miracles partout. Je n'ai rien dit pour ne pas lui faire de la peine d'avoir manqué le miracle. Quand j'ai eu ma chance, j'ai tout raconté à mon père. Il a bien ri pour l'image par terre. Il a dit : « C'est un miracle qui prend l'eau. »

Le mois de mai, le mois de Marie, le mois le plus beau est arrivé. Ma mère ne porte plus à terre. Tous les soirs, nous sommes à l'église pour des sermons, des processions et des cantiques. Le printemps entre par les fenêtres. Il y a des fleurs sur les parterres avec des pissenlits en masse. Les oiseaux sont revenus. Nous entendons les rouges-gorges chanter. Il paraît que c'est parce qu'ils sont en amour. Ma mère ne chante jamais. Elle ne doit pas être en amour souvent. Il commence à y avoir des feuilles aux branches des arbres. Ça veut dire que l'été et les vacances s'en viennent.

Un après-midi, en revenant de l'école, nous avons tout un spectacle. Nous venons à peine d'arriver à la maison que tout le monde sort dans la rue. Un homme crie :

— Les draveurs sont en ville !

— Qu'est-ce que c'est des draveurs ?

Sam me répond :

— Euh ! Les draveurs, ils viennent repousser le bois resté sur le rivage après la drave.

Ça, c'est une réponse de Sam. Une réponse qui fait que j'en sais pas plus après qu'avant, youps ! que je n'en sais pas plus après. Je comprends un peu plus quand je vois la rivière remplie de billots. Puis là arrivent à la course une vingtaine d'hommes qu'on appelle des draveurs. Il y a un monsieur qui demande à un autre :

— D'où viennent tous ces billots ?

L'autre répond :

— Un barrage avec des centaines de cordes de bois s'est brisé sur la rivière du côté de Mégantic. C'est pour ça qu'il y a tant de pulpe sur l'eau.

La pulpe, je l'ai su après, c'est la même chose que les billots, mais dit autrement. Les draveurs, eux autres, s'occupent des billots. Ça, je l'ai su tout de suite parce qu'en quelques minutes, la rivière est devenue comme un trottoir de bois. Des milliers de billots descendent avec le courant sur toute la rivière. De chaque côté, sur les bords, avec des gaffes, ou autrement dit avec des perches pointues, les draveurs courent repousser à l'eau chaque billot qui veut rester là. C'est un vrai fun noir de voir les draveurs. Ils se démènent comme ça n'a pas de bon sens. À tout bout de champ, juré, craché, il y en a un qui saute d'un billot sur l'autre et traverse la rivière sur ce trottoir de bois comme s'il traversait le pont pour aller à la messe. Ils changent de rive de même pour aller là où les billots entêtés veulent s'arrêter. Toute la ville est là. Nous aussi, ne craignez pas !

J'ai trouvé une belle place sur le pont, avec Sam. Là, nous pouvons voir tout ce qui se passe d'un bord à l'autre de la rivière. Les billots arrivent tassés à la queue leu leu, en dessous du pont. Avec leurs gaffes, les draveurs surveillent pour que le bois ne reste pas pris comme l'a fait la glace. Il ne faut pas qu'il forme un barrage sous le pont ou bien à l'île Gilbert. Les billots passent en vitesse sous nos yeux. Nous faisons le saut à tout coup quand il y en a qui frappent les piliers du pont. Pendant ce temps-là, les draveurs se promènent sur les billots, comme sur un trottoir. On dirait, youps ! il semble qu'ils jouent aux dames sur un damier géant, comme s'ils changeaient de carreau. Nous ne voyons que leurs chemises rouges et les gaffes qu'ils lèvent en l'air.

Aussi vite qu'elle a commencé, la rivière a fini de vomir ses cordes de bois. Nous avons beau regarder, il n'en reste plus. Les draveurs sautent dans leurs chaloupes pointues par les deux boutes, youps! par les deux bouts, comme des pirogues. Avec des grands coups de rames, ils s'en vont au large. Pris par le courant, ils disparaissent aussi vite qu'ils sont venus. Rendu à la maison, j'ai voulu raconter ça à ma mère. J'ai vu que je l'ennuyais. Elle ne sait pas ce qu'elle a manqué. Ma mère, il n'y a rien qu'une chose qui ne l'ennuie pas, c'est prier.

C'est de même qu'après tout juste un an, je suis parvenu à connaître ma nouvelle ville. Je l'aime et je suis bien dedans comme un pacha. L'été, nous avons joué comme des enragés. Sam m'a appris à nager. Pourquoi nous ne sommes pas toujours en été et en vacances? Pourquoi faut-il aller à l'école? Les derniers jours du mois d'août ont disparu aussi vite que les cerises à grappes que nous mangeons. J'haïs le mois de septembre. Il fait recommencer l'école encore une fois avec ses tonnes de devoirs et de leçons, les bonnes pis, youps! puis les mauvaises notes, les journées longues comme des chapelets. Et il me semble que je respire rien que les samedis et les dimanches.

16

Le servant de messe

Quand l'école commence, ça veut dire que débutent aussi les messes de six heures. Cette année, je sers avec Marcel Lafrance. Lui, il a deux ans de plus que moi. Il est grand comme un petit cheval. Il fait toutes sortes de simagrées dans le dos du curé seulement pour que je rie et me fasse punir. Il ne faut pas que je le regarde, parce que je ris. Dans ce temps-là, il fait pire. Il grimace. Il fait des grands gestes comme une marionnette. C'est tordant. Monsieur le curé, à l'autel, nous tourne le dos. Il ne s'en rend pas compte. Quand, pour le *Dominus vobiscum,* il se retourne vers les p'tites vieilles qui dorment encore dans l'église, Marcel répond, que c'en est beau à voir : *Et cum spiritu tuo.* Le curé n'est pas aussitôt tourné vers l'autel qu'il lui lance sa plus méchante grimace avec une langue longue comme un siècle. Il fait aussi comme s'il lui tordait le cou, puis j'entends tout bas un couic ! J'ai toutes les misères du monde à garder mon sérieux. Ça fait plusieurs fois qu'après la messe, le curé me gronde. Il menace de me mettre à la porte des servants de messe. S'il n'y avait pas ma mère, ce serait la plus belle récompense de ma vie.

Une fois la messe terminée, je prends tout mon temps pour enlever ma soutane et mon surplis, parce qu'après, il me faut rejoindre ma mère sur le banc d'en avant pour suivre l'autre messe avec elle et, des fois, le début de la suivante ou toute la suivante quand nous avons le temps. Aujourd'hui, je ne sais pas pourquoi, ma mère ne vient pas à la messe. Ça, c'est un vrai miracle ! J'ai servi celle de six heures et comme j'ai du temps en masse, je flâne dans la sacristie. Marcel est encore là. Il me demande :

— Tu ne vas pas rejoindre ta mère, à matin ?

— Elle n'est pas venue à l'église.

Là, il fait un sourire malicieux. Ça, c'est un sourire qui n'est pas comme les autres. Il y a quelque chose de différent dedans. Il me dit :

— Dans ce cas-là, tu vas me suivre.

Il grimpe sur une chaise. Il allonge sa main sur le dessus d'une armoire et revient avec une grosse clef. Il part en arrière de l'église. Je le suis. Avec la clef, il ouvre une vieille porte (il faut le savoir, que c'est une porte !). En arrière, il y a un passage. Il se rend en bas d'un escalier qui va au clocher.

— As-tu déjà vu les cloches ?

— Jamais !

— Eh bien ! C'est à matin que tu vas les admirer.

Nous montons dans le clocher sans faire de bruit. Après l'escalier, il y a une échelle. Marcel grimpe. Rendu en haut, il lève une trappe et on arrive, youps ! nous arrivons où sont les cloches. Moi qui voudrais être à la place d'un oiseau pour voir la ville du haut des airs, je suis heureux comme un roi heureux, parce qu'il y en a aussi des malheureux. Les maisons me paraissent toutes petites vues de là-haut. Elles se bousculent le long de la rivière. La rivière est comme un serpent. Elle sépare la ville en deux. La ville dort encore dans sa vallée. Au loin, des nuages flânent, accrochés après les arbres des montagnes. Je n'ai jamais rien vu de si beau. En plus, j'ai en masse le temps de regarder les cloches. Elles sont si grosses que c'en est effrayant.

Quand je me réveille enfin après avoir regardé comme il faut les cloches (c'est pas tous les jours qu'on a cette chance !), je m'aperçois que Marcel n'est plus avec moi. Je l'appelle. Il répond pas, youps ! il ne répond pas. Je cours vers la trappe pour redescendre. Quelque chose la tient fermée. Le maudit Marcel, pour me faire un coup d'cochon, il m'a enfermé dans le clocher. Je hurle :

— Marcel ! Ouvre-moi, je sais que tu es là.

Il ne répond pas. Je me penche au-dessus de la trappe fermée.

— Marcel, ce n'est pas drôle, ouvre tout de suite.

Pas de réponse. Je panique. Je pisse dans mes culottes. Je me mets à hurler le plus fort que je peux.

— Marcel ! Si tu n'ouvres pas, je vais te tuer.

C'est à ce moment-là que tout le clocher se met à branler. Les cloches commencent à bouger pour sonner la messe de sept heures. Puis, j'entends un premier ding, puis un dong, puis ding, dong, ding, dong. Je viens tout étourdi. Je me jette par terre le plus loin possible des cloches. Je me colle les mains sur les oreilles. C'est incroyable comme ça sonne fort. Ça passe à travers mes mains. Elles sonnent longtemps, longtemps, puis finissent par arrêter. Quand j'enlève mes mains de mes oreilles, la tête me tourne tellement que je ne suis pas capable de me lever. Après un grand bout de temps, je peux enfin y arriver. Je me ferme les yeux. Je me penche dans l'ouverture au-dessus de la porte de l'église. Je me mets à hurler : « Au secours ! Au secours ! Venez me chercher ! » Mais c'est comme si je ne disais rien, parce que je ne m'entends pas crier. Ça gronde trop dans ma tête.

Un vieux monsieur qui sort de l'église m'entend parce qu'il lève la tête vers moi.

— Au secours ! Je suis pris dans le clocher. Venez me chercher !

Il rentre dans l'église. Je suis sauvé. Pas longtemps après, le bedeau en beau joual vert ouvre la trappe :

— Que fais-tu là, mon sacripant ? Comment t'es-tu rendu jusqu'ici ?

Ça sonne tellement fort dans ma tête que je perds connaissance. Quand je me réveille, je suis dans la sacristie. Le bedeau et un autre homme m'examinent. J'entends le bedeau qui dit :

— Gustave, quand monsieur le curé va apprendre ça !

Quand il parle, la tête me tourne. Ça sonne : ding, dong. L'autre monsieur répond :

— Cet enfant-là peut rester sourd pour le reste de sa vie.

Mais je ne suis pas sourd parce que j'entends, et mon nom manqué de Gustave qui est le sien me fait sourire. Le monsieur demande :

— Ça va mieux ?

— Oui ! Mais faut pas parler fort.

— As-tu mal à la tête ?

— Oui, ça sonne dedans tout le temps.

J'ai entendu des cloches pendant des mois, ding, dong. Ça n'a pas été assez pour que j'arrête de servir la messe. Ma mère y a vu. Pour me punir, elle a ajouté, en plus des trois messes du matin, une heure d'adoration le samedi après-midi et les vêpres obligatoires le dimanche. Et je ne compte pas le chapelet que je récite avec elle tous les soirs.

17

Trois expressions

Cette année, c'est le frère Nicéphore qui est notre professeur. Lui, il a des gros yeux méchants et des oreilles en chou-fleur. Savez-vous pourquoi il a des yeux méchants qui me font peur ? C'est parce qu'il a un œil de verre. Il a reçu quelque chose dans son œil quand il était petit. Il paraît qu'il ne voit pas avec. Il peut l'enlever comme ça et le mettre sur la table. J'aimerais pas ça arriver face à face avec l'œil de verre du frère Nicéphore. C'est un œil mort, il ne bouge pas, mais on sait jamais ! À part ça, il parle fort avec sa baguette dans les mains. Pas l'œil, le frère Nicéphore. Il dit :

— Les enfants, dans la vie, il y a deux choses qui arrivent : nous naissons et nous mourons. Entre les deux, il faut travailler. C'est pour ça qu'il faut s'instruire à l'école, pour pouvoir gagner sa croûte.

Là, il s'arrête et ajoute :

— Qui peut me donner une expression ? Je viens juste d'en dire une.

Personne ne lève la main. Ça veut dire que personne ne connaît d'expressions. Là, il sourit. Il est content parce qu'il passe son temps à dire que nous sommes une belle bande de gnochons. Des gnochons, c'est du monde qui, comme nous autres, ne connaissent rien. Sam lève la main.

Le frère Nicéphore dit :

— Oui, mon enfant ?

Sam dit :

— Qu'est-ce qu'une expression ?

Là, comme mon père, il part sur une *shire*. Il appelle ça sa marotte. Une marotte, c'est quelque chose qui fait qu'on peut en parler pendant des heures. Lui, sa marotte, c'est les expressions. Il dit :

— Mes petits gnochons, une expression c'est le sel de la vie. Qu'est-ce que le sel de la vie ? C'est comme le sel dans la nourriture. C'est ce qui met de la saveur, du piquant. Une expression, ça met de la saveur dans ce qu'on dit ou ce qu'on écrit.

Là, il s'arrête, puis il se met à réfléchir. Quand il sourit, c'est parce qu'il a trouvé dans sa tête une expression comme être épais dans le plus mince.

— Savez-vous ce que ça veut dire ?

Quand il voit que personne ne parle, il reprend :

— C'est exactement comme vous êtes, des épais dans le plus mince, des gnochons.

Là il est content, parce qu'il ajoute :

— Vous savez maintenant ce qu'est une expression. Creusez-vous ce qu'il vous reste de ciboulot. Faites-vous aller les méninges. Vous allez revenir à l'école demain avec trois expressions chacun. Si vous n'en trouvez pas, demandez-en à vos parents.

D'après moi, des expressions, c'est des phrases qui veulent dire quelque chose. Le frère Nicéphore, c'est de même qu'il nous enseigne le français. Il ne se fatigue pas trop avec les fautes. Lui, tout ce qu'il veut, c'est des expressions pour sa marotte. Il veut écrire un livre d'expressions. C'est le frère Sigismond qui me l'a dit. Ce n'est pas croyable !

J'ai beaucoup de misère à trouver des expressions. Mon père n'est pas là pour m'en dire. Je cherche, je cherche encore, puis j'en trouve une : enfant de chienne ! Ma mère m'a déjà dit de ne jamais dire ça. Je ne suis pas pour le dire au frère Nicéphore, ç'a pas de bon sens, youps ! ça n'a pas de bon sens ! Je pense à d'autre chose en attendant, et en pensant, j'en trouve une autre : enfant de nanane ! Raoul Plante, le chauffeur de taxi, dit toujours ça : « Tu parles d'un enfant de nanane ! » J'ai été lui demander ce que ça veut dire. Il dit que c'est la même chose qu'un enfant gâté. Je lui ai demandé s'il connaissait d'autres expressions. Il n'a pas pu me répondre tout de suite parce qu'il a été appelé au poste de taxis. Après, il est parti comme ça à la fine épouvante. C'est là que je me suis réveillé. J'avais trouvé une autre expression : partir à la fine épouvante. Ma mère dit que ça veut dire partir très vite, comme prendre le mort aux dents. Sans m'en apercevoir, une troisième expression m'est venue. Prendre le mort aux dents, c'est quand les chevaux partent à courir comme des fous avec un mort entre les dents.

Vous savez quoi ? Le frère Nicéphore a trouvé que j'avais des bonnes expressions. Il m'a donné cent pour cent, mais il m'a expliqué que les chevaux prennent pas des morts avec leurs dents, mais que le mors, ça s'écrit avec un s et pas un t. C'est un morceau de leur attelage. Quand les chevaux le prennent avec leurs dents, c'est là qu'ils deviennent fous. Môzusse que c'est compliqué !

18

Le pensionnaire

Depuis quelque temps, mon père part parfois plusieurs semaines pour vendre ses pilules. Donc, ma mère a trouvé une pensionnaire. J'ai été obligé de lui laisser ma chambre. Il paraît que c'est une très bonne personne. L'argent qu'elle va nous donner pour sa chambre va nous permettre de joindre plus facilement les deux bouts.

Joindre les deux bouts, ça c'est une expression ennuyante. C'est l'affaire la plus difficile à faire dans la vie. Ces maudits bouts-là ne veulent jamais se joindre. S'ils le faisaient, nous aurions la paix une fois pour toutes, comme dit si souvent mon père. Mais non, les deux bouts ne veulent pas la paix.

Depuis quelques jours, je couche dans le petit cagibi où se trouve ma nouvelle chambre. Il y a juste la place pour mon lit. Sam dit que je suis coincé comme un rat. Ça, c'est une expression pas encourageante qui veut dire que je n'ai pas de place dans ma nouvelle chambre. En attendant, je conserve l'expression coincé comme un rat, pour mettre dans le livre du frère Nicéphore.

L'après-midi, comme je reviens de l'école, qui est-ce que je vois, assise au salon ? Une bonne femme qui jase avec ma mère.

— Cette chambre est parfaite, je suis sûre que vous vous y sentirez à l'aise. Une partie de votre pension sera couverte par les cours de piano que vous voudrez bien donner à mon fils. Le voilà justement. Étienne, viens rencontrer mademoiselle Sanschagrin, notre nouvelle pensionnaire. Tu la connais peut-être, c'est l'organiste de notre église. Elle va t'enseigner le piano.

J'apprends comme ça, sans y être préparé, que je vais apprendre le piano. J'haïs déjà le piano et la nouvelle pensionnaire. Elle empeste le moisi.

Ma mère est heureuse comme jamais. Elle prie moins. Elle placote toute la journée avec mademoiselle Sanschagrin. Je ne sais pas le premier nom de mademoiselle Sanschagrin. Mais inquiétez-vous pas, j'ai trouvé deux bonnes raisons pour la baptiser Olive. Le premier soir au souper, croyez-moi, croyez-moi pas, elle a englouti à elle toute seule tout un pot d'olives. Je pensais qu'elle allait devenir verte comme un Martien. Eh non ! C'est bien pour dire ! L'autre raison, c'est parce qu'elle ressemble comme deux gouttes d'eau à Olive, la femme de Popeye le vrai marin.

※

Mon premier cours de piano, je l'ai eu après l'école, avant le souper, le lendemain qu'Olive est arrivée. Nous avons le piano des grands-parents de ma mère. C'est effrayant comme il est vieux. Pour ma première leçon, Olive s'est assise à côté de moi sur le banc carré. Ça sent encore plus le moisi que dans la sacristie. Là au moins, des fois, ça sent l'encens. Olive a commencé par me dire :

— Pour cette première leçon, je vais te montrer comment poser tes doigts sur les touches. C'est la base même de tout ce qui concerne le piano, c'est-à-dire le doigté.

Elle prend d'abord ma main gauche entre ses mains pour la mettre au bon endroit. Je frissonne, parce qu'elle a les mains glacées. Elle pose mes doigts sur chacune des notes. J'ai les doigts comme figés parce que j'ai peur de perdre la place.

— Maintenant, qu'elle me dit, tu vas peser doucement sur les touches doigt par doigt, en commençant par le petit doigt de la main gauche et en continuant jusqu'à celui de la main droite.

Je réussis bien. Mais voilà que mes doigts ne sont plus placés correctement. Je ne sais pas où les mettre. Les mains glacées me replacent les doigts. Je frissonne jusqu'aux cheveux. Je suis prêt à recommencer. Mais là, ce n'est plus pareil. Olive a dans ses mains une baguette grosse comme le pouce. La voilà qui me commande avec sa voix sèche :

— Tu vas recommencer l'exercice, mais attention ! Si tu perds ta position, tu auras droit à un coup de cet instrument indispensable à qui veut apprendre le piano.

Elle lève sa baguette pendant que je frappe les touches. C'est bien comme ça que ça se dit : frapper les touches. Je réussis en premier, mais quand je vois sa baguette en l'air, j'ai tellement peur que je mets à trembler. J'oublie de frapper la note avec le petit doigt de la main droite. À chaque fois que je me trompe, clic ! avec sa baguette, elle frappe mes jointures d'un coup sec. Moi, je frappe les touches. Elle, elle frappe mes jointures. Tant que je ne réussis pas mes gammes comme elle le veut, c'est de même. Elle pince la bouche en cul de poule et dit :

— C'est ça qui te mènera sur le droit chemin de la musique.

La bouche en cul de poule, ça c'est une bonne expression pour le frère Nicéphore.

Les leçons de piano, je n'en veux plus. Olive et le tonnerre, c'est pareil. C'est pour ça qu'elle dit et répète comme une commère que je progresse au piano à une lenteur d'escargot. Ça, c'est une autre expression. Une lenteur d'escargot, ce n'est pas vite pantoute. J'en ai regardé un, une fois, sur un brin d'herbe. Ça lui a pris toute la journée pour arriver en haut. Le nono, quand il est rendu, le brin d'herbe a plié. Le voilà par terre comme au début.

Après quatre leçons de piano, ça doit bien faire cent coups de baguette. J'ai de la peine à jouer tellement j'ai mal aux jointures.

※

Vous ne savez pas ce qui est arrivé aujourd'hui? Ça, c'est la meilleure histoire de ma vie. Il faut que je vous la raconte. Ma tante Louiselle est venue chez nous. La voilà qui passe dans le salon juste quand Olive me donne un coup de baguette. Il y a une expression qui dit ne pas avoir froid aux yeux. Ça veut dire que quelqu'un n'a peur de rien. Ma tante est de même, ça doit être parce qu'elle a des lunettes. Elle s'approche d'Olive. Elle dit:

— C'est comme ça que vous enseignez la musique?

Olive grogne quelque chose comme:

— Il faut bien corriger les mauvaises habitudes des enfants, si nous voulons obtenir des résultats.

— Montre-moi tes mains, me dit ma tante.

Elle examine mes jointures puis elle secoue sa tête avec un air de bœuf. Ça, c'est une belle expression. Elle crie très fort.

— Est-ce possible que vous soyez aussi sotte? Est-ce ainsi qu'on peut faire apprécier la musique à un enfant?

Après, elle s'adoucit.

— Mademoiselle, qu'elle dit, je vais vous apprendre une manière de corriger sans douleur.

Elle fouille dans sa sacoche. Elle prend des sous.

— Pose tes mains sur le clavier, qu'elle me dit.

J'obéis tout de suite. Elle dépose un sou sur chacune de mes jointures.

— Si tu joues toutes tes gammes sans que les sous tombent, ils sont à toi.

Puis elle attrape la baguette d'Olive et la casse sous son nez. Crac! Ça, c'est la meilleure histoire de ma vie! J'ai assez de misère à ne pas rire dans la face d'Olive que j'aimerais avoir une barbe comme le père Noël pour rire dedans. Tiens! Rire dans sa barbe, ça, c'est une autre expression pour le frère Nicéphore.

19

Calvase

Ça fait maintenant deux ans que je suis à Saint-Georges. Je suis habitué. Je connais bien la rivière et à peu près tous les coins de la ville. Je connais aussi plusieurs personnes en plus de monsieur et madame Maheu, de monsieur Quirion, de madame Bluteau, de Léo Bolduc et de Raoul Plante, le chauffeur de taxi. Je connais les frères de l'école, le laitier, le boulanger Pétrin et l'épicier. Il y en a une dont je n'ai pas parlé. C'est Ernestine, la boiteuse. Elle marche tout le temps comme si elle était pour tomber. C'est assez fatigant à voir. Tout le monde l'appelle la Boiteuse. Quand elle entend quelqu'un l'appeler de même, elle lève sa canne en l'air pour lui donner un coup, mais il faut qu'elle la remette vite à terre pour ne pas tomber. Je ne sais pas pourquoi elle boite comme ça. Il y en a qui disent que c'est parce qu'elle a une jambe plus courte que l'autre.

Ça ne doit pas être commode pour monter dans une échelle. Ernestine ne monte jamais dans les échelles, moi non plus d'ailleurs, c'est très rare.

À part ça, je connais aussi monsieur Pomerleau. Il y en a qui l'appellent monsieur pomme à l'eau. Lui, je ne l'aime pas beaucoup. Il nous regarde de haut. Il y en a qui disent qu'il pète plus haut que l'trou. Ça, c'est une bonne expression. L'autre jour, je l'ai entendu dire quelque chose au laitier. Il paraît qu'il a une bonne qui s'appelle Franquette, parce qu'il a dit au laitier qu'il fait tout faire à la bonne franquette. Si c'est vrai, elle n'est pas chanceuse.

Le printemps de mes onze ans vient d'arriver. Une chose, pas si importante que ça, va beaucoup changer ma vie, vous allez voir. C'est curieux, des fois, quelque chose que tu ne penses pas important le devient tellement que ce n'en est pas croyable. C'est bien pour dire !

— Regarde l'oiseau mort, me dit Sam.

Nous nous approchons. Je le ramasse, il est brun avec du roux sur la tête.

— C'est un moineau, dit Sam.

Je le reprends.

— Non ! Il a la tête rousse, ça ne peut pas être un moineau. Il faut trouver quelqu'un pour nous apprendre son nom.

Sam roule de gros yeux comme chaque fois qu'il pense très fort. Puis, il part à la course. Je pars moi aussi. Qu'est-ce qu'il lui prend? Mon père, avec ses expressions, dirait: «Quelle guêpe l'a piqué?» Il traverse le pont en vitesse, puis il bifurque vers la rive et s'arrête. Je suis à bout de souffle quand je le rejoins. Il me montre une cabane. Elle est sur pilotis. Des pilotis, c'est comme des pattes pour être plus haut. J'ai déjà remarqué cette cabane-là. J'ai jamais demandé ce qu'elle fait là. Ben, figurez-vous qu'il y a quelqu'un qui reste dedans.

Sam dit:

— Nous allons demander à Calvase.

— Qui est Calvase?

— Euh! C'est le fossoyeur.

— Il connaît les oiseaux?

— Il les empaille.

Nous nous approchons de la cabane. Pour me rassurer, je demande à Sam:

— Tu es certain qu'il n'est pas dangereux?

— Euh! Il mange pas le monde.

— Tu es sûr qu'il y a quelqu'un là-dedans?

Sam me regarde en voulant dire: «Tu penses que je suis tombé sur la tête?»

— Euh! Si je l'savais pas, j't'emmènerais pas.

Nous restons en bas de la drôle de cabane grimpée en l'air sur des perches. Nous n'osons pas prendre l'échelle qui va sur la galerie. Nous appelons:

— Hou ! Hou ! Il y a quelqu'un ?

Pas de réponse.

— Il y a quelqu'un ?

Crac ! La porte s'ouvre. Tout ce que j'aperçois, c'est, au-dessus du garde-fou, une grosse barbe d'où sort un cri épouvantable.

— Calvase ! Que voulez-vous ?

Sam avale sa salive. Il dit :

— Nous avons un oiseau.

— Qu'est-ce que vous voulez que ça me fasse ?

Je dis :

— Nous aimerions le faire identifier.

— Calvase ! Allez à la bibliothèque.

La barbe disparaît, la porte se ferme, bang ! Nous restons là un moment, le nez en l'air, à nous demander ce qui s'est passé. Puis, avec notre oiseau mort, nous voilà à courir jusqu'à la bibliothèque. Nous entrons sans nous arrêter devant le comptoir où il y a une demoiselle. Nous entendons un cri aigu :

— Où allez-vous comme ça ?

— L'identifier !

— Identifier qui ?

— Notre oiseau.

La demoiselle nous rejoint. Elle nous ramène presque par les oreilles au comptoir de prêt. Elle nous fait déposer notre oiseau dans un sac puis dans un casier. Après, elle dit :

— Qui êtes-vous ?

Je dis :

— Moi c'est Étienne, lui c'est Sam. Samuel, si vous aimez mieux.

— Je suis mademoiselle Blanchet, la bibliothécaire. Pour entrer dans la bibliothèque, il faut vous inscrire.

Elle sort ses papiers. Il faut les remplir, marquer notre nom et tout le tralala. C'est long que ça n'a pas de bon sens. Après, seulement, elle dit :

— Vous voulez consulter un guide d'identification des oiseaux ?

— C'est ça !

Elle vient nous montrer où il y en a un dans la bibliothèque. C'est mieux de même, parce qu'il y a tellement de livres ici que nous aurions pu chercher jusqu'à l'année prochaine. C'est un guide plein de dessins d'oiseaux en couleurs. Nous passons une page après l'autre. Puis, tout à coup, je vois notre oiseau. C'est un pinson à couronne rousse. Nous le reprenons dans le casier. Je dis à Sam :

— Je savais que ce n'était pas un moineau. C'est un oiseau bien plus rare.

Il dit :

— Qu'est-ce qu'on fait avec ?

— On l'enterre ?

Il roule ses gros yeux. Il réfléchit de nouveau. Faut pas le déranger quand il est de même. Je me tais.

— Si on le faisait empailler ?

— Par qui ?

— Par Calvase.

— Ça, c'est une méchante de bonne idée !

Nous retournons aussitôt à la cabane. Ça se passe pareil comme la première fois. Crac! La porte s'ouvre, la barbe dépasse du garde-fou. On entend:

— Calvase! Qu'est-ce que vous voulez encore?

— Faire empailler notre pinson.

— J'ai pas l'temps.

— Nous allons vous payer.

Il hésite. Il nous regarde un moment, puis:

— Qu'est-ce que vous attendez? Montez, calvase! J'irai pas l'chercher!

Parce qu'il a une grosse barbe, je pense que c'est un vieux grognon qui grogne pour grogner. Nous grimpons dans l'échelle jusqu'à sa cabane. Il nous retient dehors. Je le regarde. Je ne me suis pas trop trompé. C'est un vieux grognon aussi âgé que la terre, à moins que ça soit sa barbe qui fait cet effet-là. Il fume une pipe de tabac qui pue. Ça s'appelle du tabac canadien. À cause de ça, je pense que tout ce qui est canadien, ça pue. Sam avance vers lui et dit:

— Voilà notre pinson pour empailler.

— Si c'est vous qui l'avez tué avec des plombs, cal-vase! Vous perdez votre temps.

Il crache par-dessus le garde-fou.

— C'est une voiture qui l'a frappé.

— Ça revient au même, calvase! Il doit avoir perdu des plumes.

— Pas du tout, regardez!

Sam lui tend l'oiseau, mais il ne bouge pas de devant sa porte.

— Calvase! Allez-vous seulement être capable de me payer? Y'en a tout plein qui me font empailler des bêtes et ne sont pas capables de payer. Regardez!

Il nous fait entrer.

Sur des étagères, dans toute la cabane, il y a des animaux et des oiseaux de toutes sortes. Ils sont figés. Ils nous regardent avec des yeux jaunes. Debout dans un coin, un ours avec la gueule rouge grande ouverte se prépare à nous dévorer. J'en ai des frissons.

— Dites-nous votre prix, dit Sam. Nous vous payerons.

— Cinq piastres. Pas plus pas moins, sinon allez-vous-en.

— Gardez notre oiseau, nous reviendrons vous payer demain.

Le bonhomme Calvase hésite un peu. Enfin, il prend le pinson et l'examine.

— Demain avant quatre heures, calvase! Faites-moé pas l'coup d'arriver à quatre heures et cinq.

Il retire la pipe de sa bouche. Avec le tuyau, il montre le poêle:

— Votre oiseau s'ra dans l'feu.

Ç'a été notre première vraie rencontre avec Calvase. Il est moins dangereux qu'il en a l'air. Je l'ai compris du premier coup. En revenant chez nous, par exemple, j'étais inquiet. Comment trouver cinq dollars? Je demande à Sam.

— Le cinq piastres, est-ce que tu l'as? Moi, je ne l'ai pas.

— T'inquiète pas, j'aurai cinq dollars demain.

Avec lui, cinq dollars, on dirait que c'est pareil comme cinq sous.

Le lendemain, avant d'aller voir d'autres oiseaux, nous arrêtons à l'épicerie. Il dit à l'épicier :

— Vous m'avancez cinq piastres et je vous fais cinquante livraisons dans les deux prochaines semaines. C'est un *bargain* !

Quand il veut, Sam, il parle comme un grand livre.

L'épicier sourit. Il ouvre sa caisse, en sort cinq dollars.

— Tu commenceras après-demain.

Nous courons comme des fous jusque chez Calvase. Il prend l'argent. Nous ne disons pas un seul mot, mais il trouve le moyen de bougonner :

— Votre oiseau s'ra prêt dans deux semaines, calvase ! Donnez-moé l'temps de l'empailler.

Nous partons. En revenant à la maison, je dis à Samuel :

— Calvase est un pète-sec.

— C'est quoi un pète-sec ?

— Mon père dit que c'est quelqu'un qui grogne quand on lui parle, mais qui n'est pas méchant. Il paraît qu'il faut l'apprivoiser comme on fait avec un écureuil. Au début, il se sauve dès qu'on bouge. Ensuite, il s'habitue et il finit par venir manger dans notre main.

— Es-tu fou ? Calvase ne viendra pas manger dans notre main !

— Non, voyons ! Mais il va arrêter de bougonner.

20

Le monde des oiseaux

— Nous sommes au bord de la rivière, dit Sam. Nous devrions en profiter pour aller observer les oiseaux.

Le premier qu'on voit, oups ! que nous voyons, c'est un oiseau qui branle tout le temps la queue de haut en bas en retroussant son derrière.

Je dis à Sam :

— Je me demande c'est quelle sorte.

Sam s'arrête.

— Va falloir retourner à la bibliothèque.

Un oiseau en profite pour plonger dans la rivière, juste devant nous. Il en ressort avec un petit poisson dans le bec.

Je m'écrie :

— Ça, c'est certainement un martin-pêcheur.

Une bande d'oiseaux ne sont pas contents parce que nous sommes là. Nous ne savons pas leur nom, pas plus que celui d'un autre oiseau caché dans les quenouilles avec un air indifférent. Je connais les hirondelles. Il y en a une grosse gang au-dessus de nos têtes. Il y a des canards. Eux autres, ils sont drôles. Ils frappent l'eau, tap! tap! tap! avec leurs ailes pour s'envoler. Il y a aussi un héron. Il s'en va tout croche parmi les roseaux avec son grand cou et son bec si long qu'on dirait qu'il ne sait pas quoi faire avec. Nous apercevons juste sa tête qui dépasse entre les quenouilles. Après ça, nous voyons une vingtaine de petits oiseaux disparaître derrière des rochers. C'est le cas de le dire, je suis aux oiseaux! Celle-là est bonne, vous ne trouvez pas? Pour une expression, c'en est une pas pire!

Le lendemain, nous allons à la bibliothèque pour identifier les oiseaux que nous avons vus hier, mais nous ne nous en souvenons pas assez pour y arriver. Puis nous allons chez Sam et nous décidons d'aller découvrir d'autres oiseaux quand monsieur Maheu nous appelle:

— Euh! Les enfants, j'ai deux mots à vous dire.

Je me dis: «Sam a dû parler à ses parents de notre visite chez Calvase.» J'ai deviné juste. Monsieur Maheu nous dit:

— Samuel m'a informé de votre visite chez monsieur Cliche.

— Monsieur Cliche?

— Euh! Parfaitement, celui que les gens appellent Calvase. Vous savez qu'il est fossoyeur?

— Oui!

Un fossoyeur, c'est quelqu'un qui creuse les trous dans le cimetière pour les morts. Monsieur Maheu prend sa voix des grands jours.

— Euh! Si vous retournez le voir, et vous allez y aller pour chercher votre oiseau, vous ne devrez jamais, euh! sous aucun prétexte, lui demander pourquoi il est fossoyeur. C'est bien entendu?

— Pourquoi on ne peut pas lui demander?

— Euh! Ce monsieur a vécu, il y a plusieurs années, un très gros drame dans sa vie. Il a mis des années à s'en remettre. Vous savez, euh! qu'avant il était professeur? Il a cessé d'enseigner puis est devenu fossoyeur. Euh! C'est un métier comme un autre, mais il vaut mieux ne pas lui en parler, parce qu'il devient méchant dès qu'il entend ce mot.

Nous promettons de ne jamais lui parler de ça. Monsieur Maheu dit en plus:

— Et appelez-le toujours monsieur Cliche.

Un matin, je dis à Samuel:

— Ça fait deux semaines que monsieur Cliche a notre oiseau, il doit l'avoir empaillé. Et si on allait voir?

— Allons-y! répond Sam.

L'oiseau est bien prêt. Monsieur Cliche a fait du beau travail. Sur la branche où il l'a mis, notre pinson a l'air vivant. Si vous saviez comme je suis heureux!

Je viens de découvrir quelque chose d'extraordinaire. Les oiseaux sont pleins de couleurs!

Je dis à Sam devant Calvase, non, pardon! monsieur Cliche:

— As-tu vu ses couleurs?

Monsieur Cliche, lui, il a été professeur. Ça paraît, parce qu'il parle bien. Il dit des oiseaux:

— Nous les voyons passer, mais ils vont si vite qu'on ne soupçonne pas qu'ils sont si beaux. Pour le savoir, il faut les observer avec des longues-vues.

C'est incroyable, des fois, comme une chose que nous entendons peut être importante. Après ça, je n'ai eu qu'une idée dans la tête, m'acheter des jumelles. Mais comment ramasser cinquante piastres? Parce que c'est cinquante piastres que ça coûte.

Sam est tout surpris:

— Cinquante dollars?

— C'est le prix des jumelles qui sont dans la vitrine du magasin de monsieur Gilbert.

Sam n'en revient pas.

— Cinquante dollars! Euh! Pauvre Étienne, tu pourras jamais avoir des longues-vues.

— J'en aurai!

— Comment?

— Je vais travailler.

— Euh! C'est très long, ramasser cinquante dollars.

— Je vais flamber mes vacances, s'il le faut.

C'est justement le temps, parce que les vacances commencent pour de bon demain.

21

Les longues-vues

Le lendemain, je me mets aussitôt à chercher des p'tites jobines. Ça m'en apprend gros sur la vie. Ça ne me fait pas de peine de passer mes deux mois de vacances à travailler, parce que Sam travaille lui aussi pour son père. Monsieur Maheu a vu Sam faire des livraisons pour l'épicier. C'est de même qu'il l'a attrapé pour s'occuper de celles de la pharmacie. C'est bien pour dire !

Je tonds le gazon de madame Lefrançois, je me fais un premier dollar. « C'est déjà un commencement », comme elle dit. Elle, c'est une vieille madame très fine, avec des cheveux blancs. Elle est veuve. Ça veut dire que son mari est mort et qu'elle n'en a pas trouvé d'autre. Pour moi, elle n'a pas assez bien cherché parce que des maris, me semble qu'il en traîne partout. Mais que voulez-vous, c'est comme ça !

J'ai été voir toutes les autres personnes de la rue qui ont du gazon. On sait jamais, youps! nous ne savons jamais. Ça n'a rien donné. Il y a juste madame Lefrançois qui fait tondre son gazon par quelqu'un.

J'ai été voir Joseph Hudon, le propriétaire de la cabane à patates frites. Il n'a pas d'ouvrage à me donner, mais si jamais il a besoin de moi, il va me le faire savoir. Monsieur Morneau de la quincaillerie a son livreur comme monsieur Albert de l'épicerie. Quoi faire?

Je passe huit jours à cueillir des fraises des champs. Je les vends dans mon entourage. Je me fais quatre dollars. Il n'y a plus de fraises et les framboises ne sont pas encore mûres. Je décide d'aller pêcher des poissons blancs dans la rivière. J'y passe trois jours. Je me fais manger tout rond par les moustiques. Je rapporte quelques douzaines de poissons pas mangeables, mais il y en a qui les mangent pareil. Ça vaut quatre autres dollars. Heureusement que l'herbe pousse vite, madame Lefrançois me donne une autre piastre pour son gazon. J'ai dix dollars. Encore quarante et je pourrai acheter mes longues-vues.

Ce n'est pas facile de gagner des sous. Quand je ne travaille pas et même quand je travaille, j'essaye pareil de voir des oiseaux à l'œil nu. Il y a un aigle pêcheur qui attrape un poisson de temps en temps dans la rivière. Ça doit être des carpes. C'est beau à voir, un aigle pêcheur qui pêche. Il tourne d'abord longtemps dans les airs. Il fait un cercle de plus en plus petit. Tout d'un coup, il se laisse tomber comme une roche. Plouc! Il disparaît presque complètement sous l'eau. Il en ressort avec ses ailes, flac! flac! à la surface avec un poisson qui grouille dans ses serres. Il met ensuite beaucoup de temps à monter, comme un avion qui ne décolle pas vite. Je surveille aussi les hirondelles. Elles ne sont pas peureuses. Elles n'ont même pas peur des chats qui passent près de leur nid. Elles descendent la tête vers le sol comme des avions de chasse. Tant pis pour les chats! Il y a aussi de curieux petits oiseaux jaune et noir qui volent comme s'ils montaient et redescendaient des côtes une après l'autre en chantant. J'en ai parlé à Sam. Il ne sait pas comment ils s'appellent. Il pense que c'est des fauvettes. Je n'ai pas eu le temps d'aller voir dans le guide à la bibliothèque, parce que je travaille.

J'ai eu une chance que ce n'est pas croyable! Je remplace Yvan Poitras à l'épicerie pour la livraison des commandes. Il a fait une chute. J'espère qu'il ne s'en remettra pas trop vite. Ce n'est pas parce que je lui veux du mal. Mais si je le remplace toute une semaine, je me ferai une dizaine de piastres. C'est ma chance, il n'est revenu que le lundi. J'ai dix dollars de plus. Il est vrai que j'ai travaillé pour les mériter. Ça n'a pas arrêté de la semaine, une livraison n'attendait pas l'autre. Pour avoir mes longues-vues, j'ai encore trente dollars à faire, non, vingt-neuf, parce que j'ai tondu le gazon de madame Lefrançois, mais ç'a été long et difficile. Quand je pousse sur la tondeuse, les lames tournent mal parce qu'elles ne coupent plus. Je l'ai dit à madame Lefrançois. Elle est fine. Elle a répondu : « Va chez Jos Gilbert les faire affiler », ou effiler, je ne sais plus. Il va falloir que je regarde dans le dictionnaire, mais je n'ai pas le temps.

J'ai passé par chez nous avec la tondeuse avant d'aller chez Jos Gilbert. Il a la langue coupante. Ça, c'est mon père qui l'a dit : « Tu vas voir, il a la langue coupante. » Ça doit être pour ça qu'il affile ou effile les tondeuses. Je l'ai vu tout de suite, il ne nous laisse pas parler. Il nous coupe toujours au milieu d'une phrase et il parle tellement vite que les mots s'enfargent dans sa bouche et sont tellement mêlés quand ils sortent qu'il n'y a rien à comprendre. Que voulez-vous, il est fait de même. C'est bien pour dire ! Toujours qu'il a affilé ou effilé la tondeuse, pas la tondeuse mais ses lames, pendant que j'attendais. Là, elle coupe tellement bien que c'en est une bénédiction, comme dirait ma mère.

Sur le parterre, j'ai vu un autre oiseau occupé à attraper un ver de terre. C'est un oiseau moyen avec le ventre roux. Il ressemble presque à une boule rouge, rouille ou bien orange, ça dépend. Je pense que c'est un rouge-gorge. Sam me dit que c'est un merle. J'ai vu un autre oiseau que je suis pas mal certain d'avoir reconnu. C'est un pinson chanteur parce qu'il ressemble à un moineau. C'est son chant qui me fait dire que c'est un pinson chanteur. Savez-vous pourquoi ? Parce qu'il chante tout le temps. Il n'arrête pas. Un chant n'attend pas l'autre. Il y a aussi un étourneau à ailes rouges. Il est facile à reconnaître avec sa tache rouge sur l'aile. Chaque fois que je vois un oiseau nouveau, je le regarde du mieux que je peux. Quand j'ai deux minutes, je cours l'identifier dans le guide à la bibliothèque. J'ai bien hâte d'avoir mes longues-vues.

Parce que j'ai fait le ménage autour de sa cabane à patates frites, monsieur Hudon me donne une piastre. Ça, c'est être mal payé. Monsieur Hudon est *cheap*, parce que j'ai travaillé deux jours tellement il y avait des saletés dans ce coin-là. Ça me donne l'idée d'aller ramasser des bouteilles vides pour les vendre à l'épicerie. Je fais tous les fossés du village. J'en ramasse des centaines. J'ai trois dollars de plus pour acheter mes longues-vues. Avec tout ce que j'ai gagné depuis un mois, j'ai ce qu'il faut pour en payer la moitié. Encore un autre mois comme ça et je les aurai. Le pire, c'est que mes vacances vont être presque finies. Ça fait rien ! Je vais pouvoir enfin observer les oiseaux à mon goût. Il faut dire que même sans longues-vues, je commence à en reconnaître plusieurs.

J'ai vu un martin-pêcheur le long de la rivière, un héron et aussi un paquet de canards. Je n'ai pas pu voir la sorte. Ils étaient trop loin. Il me faut absolument des jumelles. Je vais voir tous les jours dans la vitrine la paire que je veux acheter. Je sais exactement ce qu'il me faut. C'est une 8 x 40, Carl Dietz, avec son étui. Elles valent cinquante dollars tout compris. C'est inscrit sur le boîtier pour les mettre dedans.

Il y a une expression qui dit : « Aide-toi et le ciel t'aidera. » Le frère Nicéphore nous l'a répétée toute l'année. Quand mon oncle Alphonse m'a demandé si je voulais faire le ménage à sa place pendant ses deux semaines de vacances, savez-vous ce que j'ai pensé ? J'ai pensé : aide-toi et ton oncle t'aidera ! C'est ben, youps ! bien pour dire ! Lui, ce n'est pas un vrai oncle, parce qu'il est un parent de ma mère de la fesse gauche, comme dit mon père. Mon père ne dit pas ça devant ma mère parce qu'elle se fâcherait. Il ne faut jamais dire des mots comme fesses ou tétons devant ma mère, ça la fait enrager. Je ne sais pas pourquoi, mais c'est de même. En tous les cas, mon oncle de la fesse gauche fait le ménage dans un entrepôt. Ce travail va me permettre de gagner vingt piastres. Voyez-vous ça ! Vingt dollars ! On ne crache pas là-dessus. Si on crache, c'est à côté. Il ne m'en manquera plus que cinq. Je me demande encore comment il se fait qu'il m'a demandé à moi de le remplacer. Quelqu'un a dû lui dire que je me cherchais une p'tite job.

Il ne m'avait pas dit que c'était si long de nettoyer tout l'entrepôt. Toutes mes journées y passent. C'est toujours plein de boîtes de carton vides qu'il faut brûler dans l'incinérateur derrière la bâtisse. Un incinérateur, c'est de même que ça s'appelle, c'est un grand four dans lequel tu peux brûler toutes sortes de cochonneries. Il faut aussi que je balaie l'entrepôt en entier deux fois par jour, le midi et le soir. En plus, c'est un entrepôt deux fois grand comme l'église. Un entrepôt, vous le savez peut-être, c'est une bâtisse pour entreposer. Ça veut dire que c'est une bâtisse où tu mets toutes les affaires que tu ne sais pas où mettre. Aujourd'hui, par-dessus le marché, pendant que je remplace, il y a un dégât d'eau. Il paraît que c'est la première fois en vingt ans. Je suis obligé de nettoyer tout l'entrepôt à la moppe. Je n'en peux plus. Le pire, c'est que je n'ai pas un sou de plus pour ça. Je me demande encore aujourd'hui, à l'heure qu'il est présentement, si ce n'est pas un dégât d'eau fait exprès. Ce n'est pas croyable comment il faut se démener pour gagner vingt piastres!

Pendant ces deux semaines, je n'ai pas eu une minute à moi pour observer les oiseaux. J'ai vu seulement deux corneilles un matin. Je n'ai pas eu besoin de demander quelle sorte d'oiseau c'était. Tout le monde est au courant qu'une corneille, c'est une corneille. C'est gros, c'est noir et ça crie mal. Ce n'est pas pareil pour un oiseau gris et blanc à peu près gros comme un merle. Il est venu chercher un morceau de pain sur une table de pique-nique, près de l'entrepôt. Lui, je ne sais pas c'est quelle sorte d'oiseau. Je n'ai pas le temps d'aller voir dans le guide.

J'ai à présent quarante-six dollars avec la piastre de madame Lefrançois pour son gazon. Encore quatre à faire. Il paraît que les derniers dollars sont toujours les plus difficiles à gagner. C'est vrai, plus personne a de l'ouvrage à me donner. Pourtant, la chance ne me lâche pas. Monsieur Bluteau, pas le mari de celle qui a une truie, parce qu'elle est veuve, mais un autre monsieur Bluteau, cherche des cueilleurs de pommes. Ce n'est pas très payant. Seulement une piastre par jour, d'autant plus qu'avec lui, il faut ramasser les pommes comme des œufs. Il ne veut pas que j'en ramasse dans les arbres. Il dit comme ça :

— Ramasse juste la pomme tombée.

— Quelle pomme tombée ? Il y en a tout plein à terre.

Il se fâche :

— Tu ramasses juste les pommes tombées. C'est t'y clair ? Quand on dit la pomme tombée, ça veut dire les pommes à terre, rien d'autre.

Moi, je ne comprends pas que la pomme tombée et les pommes tombées, ça veut dire la même affaire. Toujours est-il que je fais ce qu'il dit. Au bout de quatre jours, c'est le temps de la paye. Il me donne seulement trois piastres. Il dit comme ça, que ma job était plus facile. Je suis vraiment furieux. Il me manque encore une piastre pour acheter mes longues-vues. C'est le gazon de madame Lefrançois qui me permet d'avoir la dernière piastre.

Quand j'ai mes cinquante dollars, savez-vous ce que je fais ? Je ne sais pas pourquoi je vous demande ça, parce que vous le savez ! Je cours tout de suite chez monsieur Gilbert. Je dis :

— Je viens acheter une paire de longues-vues.

Il me demande si j'ai l'argent nécessaire pour les payer. Je sors les cinquante dollars comme ça de ma poche. Je lui dis :

— C'est moi-même qui les ai gagnés par mon travail.

Il me félicite.

— Excellent ! C'est rare un jeune de ton âge qui met autant d'énergie à gagner ce qu'il veut se procurer.

C'est ça qu'il me dit ! C'est bien pour dire !

Je suis très content de moi, mais mes vacances sont flambées. Il ne reste qu'une semaine avant le début de l'année. J'ai écrit : il ne reste qu'une. Le frère Sigismond serait content. J'en profite quand même pour regarder les oiseaux comme je le veux avec Sam. Le plus important, c'est que j'ai mes longues-vues pour longtemps et les oiseaux que je vois avec sont effrayants. Me v'là qui parle comme ma mère ! Avec elle, tout est effrayant. Elle dit tout le temps : c'est effrayant comment il fait fret à matin, c'est effrayant comme c'est beau, c'est effrayant comment le temps passe vite, c'est effrayant, c'est effrayant… Ma mère, elle est comme ça. Quand ce n'est pas effrayant, c'est épouvantable.

Le premier oiseau que je vois avec mes longues-vues en sortant du magasin de monsieur Gilbert, c'est bien pour dire! je ne l'ai jamais vu nulle part. Il est caramel avec une huppe. Comme Sam est occupé, je vais direct à la bibliothèque pour l'identifier. Mademoiselle Blanchet me connaît maintenant. Elle m'a vu plusieurs fois depuis le printemps. Pourtant, elle ne veut pas que je garde mes jumelles dans la bibliothèque. J'ai beau astiner, elle m'oblige à les déposer dans un casier près du comptoir. Je vais identifier mon oiseau. C'est un jaseur des cèdres. Quand je reviens reprendre mes longues-vues, plus de longues-vues! Nous avons beau les chercher partout. C'est certain, quelqu'un les a volées. Savez-vous ce qui s'est passé? J'étais tellement furieux que je ne voulais plus quitter la bibliothèque. Je pleurais de rage. J'ai attrapé un coupe-papier. S'il n'y avait pas eu un monsieur tout près, je pense que j'aurais assassiné la bibliothécaire avec. Elle a fait venir la police. Ils m'ont ramené de force à la maison. Je vous le dis, j'en veux au monde entier.

22

Une rumeur de pensionnat

Quand tout s'est calmé, ma mère me dit qu'elle a décidé de m'inscrire à un pensionnat. Elle le fera dès que les formulaires qu'elle a demandés seront arrivés. C'est vrai ce que dit le bonhomme Dufour : « Toute la marde arrive en même temps ! » Ma mère ne m'avait pas parlé avant du pensionnat. Elle dit qu'elle ne voulait pas me gâcher mes vacances. De toute façon, mes vacances le sont bel et bien, quelqu'un me les a volées. Quand j'ai dit à Sam que ma mère m'envoyait pensionnaire, il ne voulait pas le croire.

— C'est pas vrai !

— Bien sûr que c'est vrai.

— Invente-toi une maladie qui se guérit pas.

— Un souffle au cœur, comme Romuald ?

— Euh ! Comment tu leur feras croire ?

— Je dirai que je manque de souffle quand je cours et que mon cœur veut se sauver.

Sam ne trouve pas que c'est une bonne idée.

— Un souffle au cœur, ça se guérit trop facilement.

— Comment tu le sais ?

— Euh ! Ta mère va dire que t'as juste à arrêter de courir. Elle va découper un cœur dans un drap rouge. Tu vas le porter comme un scapulaire. Ça prend une semaine et t'es guéri. Il faut que, euh ! tu manges tous les jours du cœur de bœuf et que tu mettes, euh ! une image du Saint-Cœur de Marie sous ton oreiller. Ta mère a certainement des images du Saint-Cœur de Marie. Euh ! À ta place, je changerais de maladie.

— Si je souffre de consomption ou bien d'une grosse tuberculose ?

— Euh ! Ils vont te faire boire de la pisse de vache noire pendant deux semaines.

— Beurk !

Ce n'est pas facile à trouver, une vraie maladie qui ne se guérit pas. Il me faut une maladie plus rare. Je dis à Sam :

— Si je tombe à cause du haut mal, comme Amédée, mes parents voudront me garder à la maison.

— Euh ! Le haut mal, c'est quand quelqu'un tombe par terre pour baver ? Tu serais capable de faire semblant ?

— Parfaitement.

— Mais ça se guérit tout seul, voyons ! Ils vont t'enlever ta chemise, la virer à l'envers, la faire brûler et tu seras redevenu normal.

Il n'y a vraiment rien à faire, je n'ai plus d'idées de maladies. De toute façon, je le sais, ça ne donne rien. Ma mère a un remède contre toutes les maladies. C'est de l'eau de la première pluie du mois de Marie, mêlée à de l'eau de Pâques. Ça guérit tout ! Je n'éviterai pas le pensionnat, c'est comme si j'y étais déjà. Quand elle a quelque chose dans la tête, t'es mieux de te faire à l'idée. De toute façon, les femmes gagnent toujours.

Mais moi aussi, j'ai la tête dure et j'en ai trouvé une solution pour ne pas aller pensionnaire. Ma mère attend d'un jour à l'autre les formulaires d'inscription.

Je dis à Sam :

— Tu vas voir ce que je vais faire.

Sam demande :

— Quoi ?

— Je vais surveiller le facteur. Il ne se méfiera pas. Il me donne souvent les lettres pour mes parents. Il dit que ça lui évite des pas.

Sam est d'accord. Il m'encourage. Il dit :

— C'est la meilleure solution.

Je suis content. Quand je veux, je suis capable. Je surveille le facteur pour ne pas qu'il passe sous mon nez sans que je le voie. Le premier jour, il n'y a rien de spécial, mais le deuxième jour, le facteur me donne une seule enveloppe très épaisse qui vient du pensionnat des séraphiques ou un nom comme ça. Vous ne savez pas ce que j'ai fait avec ? Je prends t'y pas l'enveloppe, je laisse le facteur continuer, puis je cours sur le pont et je jette l'enveloppe dans la rivière. C'est les poissons qui vont aller pensionnaire. Gnangnagnan, gnagnangnan! L'année d'école commence, ma mère attend toujours l'enveloppe du pensionnat.

23

Le poème

Nous voilà à l'automne. L'école prend tout notre temps. La seule chose qu'elle ne peut pas prendre, c'est ce que nous pensons, comme nos rêves, par exemple. Je pense déjà au printemps quand les oiseaux vont revenir. J'ai dans la tête d'avoir une cabane à hirondelles. C'est ça mon rêve. J'ai trouvé quelques boutes, youps! bouts de planches. Je les ai sciées et clouées ensemble pour faire une cabane, mais je suis pas, youps! je ne suis pas content de ma cabane. Elle est toute croche. Il m'en faut quand même une et une belle!

C'est le frère Euplius qui nous enseigne toute, youps! tout. Lui, il est petit avec une petite voix, des petites mains, des petites oreilles, des petits pieds et il marche à petits pas. Il dit qu'il faut penser avant de parler, parce que quand on crache en l'air, ça finit par nous retomber sur le nez. Ça, c'est une expression qui veut dire que quand on dit des choses pas vraies, elles finissent par nous rebondir en pleine face. C'est pour ça qu'il parle juste un peu et ne crache jamais. Il dit :

— Mes p'tits crapauds, ne dites pas tout ce que vous pensez. Il y a des choses qu'on peut penser mais qu'il ne faut pas dire.

J'ai cherché dans ma tête quelque chose qu'il ne faut pas que je dise, par exemple que le frère Euplius a des grands yeux de grenouille. Pour moi, c'est pour ça qu'il nous appelle ses p'tits crapauds.

Le frère Euplius ne parle pas beaucoup, mais c'est drôle de voir comment il s'aperçoit de tout. Quand tu crois qu'il ne s'est pas rendu compte de quelque chose, tu te trompes parce qu'il voit tout ce qui se passe. Pour moi, il lit dans nos caboches en plus d'avoir des yeux derrière sa tête. Il répète souvent :

— Mes p'tits crapauds, je vois que vous avez la tête ailleurs.

C'est vrai que Sam, ces temps-ci, il est de même. Quand nous revenons de l'école, il faut toujours faire un détour par le couvent. Là, il se met près de la sortie. Avant de pouvoir partir, il faut attendre que les filles nous passent sous le nez comme des pies qui jacassent. Avec ses grands yeux dans la graisse de bines, il en suit une jusqu'à ce qu'elle disparaisse. Après, seulement après, nous nous en allons à notre tour. Il ne parle presque plus. S'il y a quelque chose qui le fatigue, qui lui ronge les sangs, comme dirait mon père, c'est bien cette fille-là. Je ne sais pas ce qu'elle lui a fait, mais il la regarde comme si c'était la statue de la Vierge Marie, pendant qu'elle traverse le pont devant nous autres.

Je lui demande ce qu'il a :

— L'as-tu vue avec ses deux grands yeux, ses deux belles tresses, son petit nez pointu, sa bouche... sa bouche ?

— Mais qu'est-ce qu'elle a ? Je vois deux yeux, des cheveux, un nez et une bouche comme nous autres.

— Euh ! Étienne, tu comprends pas.

Je ne comprends vraiment pas ce qui peut tant l'énerver chez cette fille. Il est devenu muet. S'il pouvait rougir, il le ferait certainement à chaque fois qu'il la voit. Il est plate à mort. Je n'ai plus de fun avec lui. Quand je lui parle des oiseaux, il n'écoute pas. Il me tourmente pour que j'écrive un poème sur les beaux yeux de cette fille et il ne sait même pas son nom. Il dit :

— Ça pourrait commencer par : tes yeux sont comme...

— Comme quoi ?

— Des braises.

— Des braises ? Es-tu malade ? Il y a que le diable qui a des yeux comme ça.

— Des tisons, alors ?

— Des tisons, pouah ! c'est la même chose que des braises.

— Tu comprends pas, qu'il me dit.

— Des yeux comme quoi ?

— Comme une source.

— Pourquoi ? Elle pleure tout le temps ?

— Ben non ! Tu comprendras jamais.

Son idée de poème s'éteint comme ses braises, ses tisons et son eau de source. Nous pouvons parler comme des gens civilisés pendant une minute. Puis il recommence :

— Il faudrait pourtant que je lui écrive un poème.

— D'abord, qu'est-ce qu'un poème ? Ensuite, qui t'a rentré ça dans la tête qu'il faut lui écrire un poème ?

— Un poème, c'est…

— C'est quoi ?

— Euh ! C'est comme une lettre.

— Pourquoi tu ne lui écris pas une lettre, alors ?

— Parce que c'est pas pareil.

— C'est pas pareil pourquoi ? Tu dis que c'est comme une lettre !

— Euh ! Tu comprends pas.

— Qui t'a dit qu'il fallait lui écrire un poème ?

— C'est ma mère.

— Tu en as parlé à ta mère ?

— Euh ! Non ! Jamais. Mais elle dit toujours qu'elle a aimé mon père parce qu'il lui écrivait des poèmes. Je ne sais pas comment écrire, mais toi, tu pourrais.

— Je ne connais pas ça, les poèmes.

— Euh ! Il y en a dans les livres. On devrait aller à la bibliothèque.

Il me fait tellement de peine que je décide d'en finir une fois pour toutes. À la bibliothèque, mademoiselle

Blanchet nous reçoit encore une fois comme si nous étions des Martiens.

— Les poèmes, ce n'est pas pour les enfants.

— Y'en a pas pour les enfants ?

Elle réfléchit longtemps comme pour nous décourager. Quand elle voit que nous ne partons pas, elle dit :

— Je crois que j'ai ce qu'il vous faut.

Elle nous donne un grand livre avec des images : *Poèmes pour les petits*. Le premier poème que je vois, je le lis. Il dit :

> *À bas de son carrosse*
> *Petit Pierre est tombé*
> *Il s'est fait une bosse*
> *Ah ! Le pauvre bébé*

— Qu'est-ce que c'est ça ? On ne dit pas à bas, mais en bas de son carrosse, puis s'il est tombé en bas, il peut bien s'être fait une bosse !

Mais voilà qu'en même temps que je dis ça, c'est curieux, je m'aperçois que dans ce poème, à la fin des phrases, il y a le mot bosse et le mot carrosse de même que le mot tombé et le mot bébé qui se ressemblent. Je vais trouver mademoiselle Blanchet pour lui faire remarquer, youps ! le lui faire remarquer.

Elle dit :

— C'est ça ! Dans un poème, il faut que les mots de la fin des phrases riment.

— Ça veut dire quoi, rime ?

— Ça veut dire qu'il faut que les sons des mots de la fin des phrases se ressemblent, comme amour qui rime avec toujours, lien qui rime avec chien et tomate qui rime avec patate.

Je retourne lire les poèmes de notre livre. Mademoiselle Blanchet a raison parce que le poème suivant dit :

> *Le hibou fait hou! hou!*
> *Mon chien wouf! wouf!*
> *Le coulicou, coucou!*
> *Et le train pouf! pouf!*

Me voilà à essayer d'écrire des poèmes de même. Tout à coup, je me rends compte que dans les chansons, il y a aussi des rimes.

> *Marie-Madeleine*
> *Ton p'tit jupon de laine*
> *Ta p'tite jupe carreautée*
> *Ton p'tit jupon piqué*

Pendant des heures et des heures, j'écris des lignes et des lignes. Je finis par réussir la première phrase de son poème : *Je te regarde passer avec tes tresses dorées.* Je la montre à Sam. Il est content comme jamais, les yeux encore plus dans la graisse de bines et tout le tralala. Mais j'ai beau me creuser le ciboulot, comme dit le frère Nicéphore, je ne trouve pas de rime pour l'autre phrase. Puis là, je pense à une affaire qui me fait rire. Je découvre pourquoi le frère Nicéphore nous demande toujours de nous creuser le ciboulot. C'est que ses parents ne se sont pas assez creusé le leur, pour lui avoir donné un nom de même !

Ça reste comme ça pour le poème pendant quelques jours, djammé bien dur. Youps ! Djammé, ça ne doit pas être bon, pour moi il faut écrire autre chose, mais quoi ? Pogné bien dur ? Non, figé serait mieux. Tout à coup, je me souviens que Sam m'a demandé en premier de parler des yeux de la fille. Je trouve ma deuxième phrase, comme ça, sans me forcer plus : *Ton petit nez pointu et tes deux grands yeux*. Mais le reste se fait attendre, à peu près comme le premier caramel à la fin du carême. J'ai beau chercher, je ne trouve rien qui rime avec doré et avec yeux. Il y a bien cheveux, mais ça ne marche pas. J'ai déjà parlé de ses tresses dorées. Puis, au catéchisme, j'entends cette phrase : « Il ne faut adorer que Dieu seul ! » Je me dis : « Adorer rime avec doré, si je terminais par adorer ? » Tout d'un coup, mes deux autres phrases viennent comme un cheveu sur la soupe. Si vous saviez comme je suis fier ! Je n'ai jamais vu Sam aussi heureux. Il garde le poème sur son cœur comme si c'était de l'or. Ça dit :

Je te regarde passer avec tes tresses dorées
Ton petit nez pointu et tes deux grands yeux
Comme des diamants qu'on peut adorer
Il n'y en pas de plus belle que toi je te veux

Il me fait jurer de ne pas le suivre. Il veut être seul avec elle pour le lui remettre. C'est difficile parce qu'elle se tient toujours avec ses amies. Je ne sais pas comment il s'est décidé. Je n'étais pas là. Mais je sais qu'il se trouvait sur le pont. J'ai appris plus tard ce qui s'est passé. Il lui a donné le poème. Elle était avec ses amies. Elle l'a lu tout haut, l'a déchiré en mille miettes et jeté à la rivière. Après, il paraît qu'elle lui a fait une grimace avec sa langue qu'elle a rouge comme la lancette d'une couleuvre. Ses amies ont éclaté de rire et se sont moquées de Sam comme du poisson pourri. Lui, il est resté sur le pont comme un idiot à verser des larmes grosses comme la rivière, je vous le jure. Il met du temps à oublier cette fille. Ça l'a marqué en catastrophe ! J'ai beau lui parler de ma cabane d'hirondelles, ça ne l'intéresse pas. La seule hirondelle qui vole dans sa tête a des tresses dorées et des yeux, des yeux…

24

Monsieur Cliche

Le printemps nous tombe dessus sans prévenir. Pour une fois, la rivière demeure sage. J'ai deux dollars. Je me décide à demander à monsieur Cliche s'il ne me ferait pas une cabane à hirondelles. Quand j'arrive chez lui, rien n'a changé sauf, comme une grande bouche ouverte, un trou dans le plancher de la galerie. J'appelle :

— Monsieur Cliche ! Monsieur Cliche !

Pas de réponse, puis j'entends un chien japper. J'appelle encore :

— Monsieur Cliche, s'il vous plaît !

Ça me fait tout drôle de l'appeler de même. La porte s'ouvre. Crac !

— Et si ça ne me plaît pas, calvase !

Je vois sa barbe au-dessus du garde-fou de la galerie. Il m'aperçoit et probablement parce que je l'ai appelé monsieur Cliche, il dit plus doucement :

— C'est toi ! Que veux-tu ?

— Pourriez-vous me fabriquer une cabane à hiron-delles ? J'ai de l'argent.

Il dit :

— Attends un peu !

Il ouvre la porte. Après, une boîte en bois apparaît dans l'ouverture de la galerie. Elle se met à descendre lentement pendant que le poids qui la retient remonte vers la galerie. Ça fait drôle. Quand la boîte arrive à terre, un chien noir en sort. Il vient droit vers moi, me sent et branle la queue. Pendant ce temps, monsieur Cliche descend dans l'échelle. Il dit :

— N'aie pas peur, c'est mon chien Marrant qui te souhaite la bienvenue.

— Votre chien s'appelle Marrant ? C'est un drôle de nom.

— C'est justement parce que mon chien est drôle que je l'ai appelé Marrant.

— Marrant, ça veut dire drôle ? C'est la première fois que j'entends ce mot-là.

— Ça ne se dit pas par ici mais beaucoup en France.

Son chien ne me lâche pas. Je le flatte, c'est tout ce qu'il attend. Il se met à courir en rond autour de nous autres comme s'il avait une ruche au derrière. Il est vraiment très marrant. Pendant ce temps, monsieur Cliche s'approche d'une de ses cabanes à hirondelles. Il en a bien une demi-douzaine tout autour. Il en décloue une de son poteau.

— Tiens, dit-il, ce sera ta cabane.

— Comment je vous dois ?

— Pas un sou.

— Pas un sou ?

— Je te la donne, mais promets-moi de venir me dire si les hirondelles vont la choisir, et s'il te plaît, calvase ! ne m'appelle jamais Calvase comme les autres, mais toujours monsieur Cliche comme tu l'as fait tout à l'heure, parce que c'est de même que je m'appelle. En passant, quel est ton nom ?

— Étienne !

— C'est correct !

Pour la première fois, je le vois sourire à travers sa barbe. Il remonte dans son échelle. Il met deux doigts dans sa bouche pour siffler son chien qui saute direct dans sa boîte. Il donne quelques coups sur le câble. Il remonte la boîte pendant que le poids redescend et la poulie laisse filer son chant comme une longue plainte.

C'est bien écrit, hein ? Quand je me force... Le frère Sigismond serait content. Le frère Nicéphore ne le serait pas parce que ce n'est pas une expression. Le frère Euplius, lui, on ne sait jamais s'il est content.

J'espérais bien avoir des hirondelles dans ma cabane, mais les moineaux l'ont prise en premier. Heureusement que le toit s'enlève ! parce que ni un ni deux, je démolis leur nid. Tout de suite après, ils en construisent un autre. Je le fais disparaître lui aussi. Puis une hirondelle apparaît. Elle se met à tourner autour de la cabane. Les hirondelles sont de même. Elles font des manières, comme dirait ma tante Louiselle. J'apporte quelques plumes que je fais voler au vent. L'hirondelle qui doit être la mère en attrape une. Ça la décide à construire son nid. Je suis fou de joie. Une fois certain que les hirondelles font leur nid dans ma cabane, je cours le dire à Calvase, pardon, à monsieur Cliche. Sam vient avec moi. Il a bien hâte de voir Marrant et la boîte dans laquelle il monte et descend.

Monsieur Cliche, il est comme un animal blessé. Une fois, le chien à Gilbert Leroux, youps! le chien de Gilbert Leroux avait mal à une patte. À chaque fois que Gilbert essayait de toucher à sa patte pour le soigner, il grognait et voulait le mordre. Monsieur Cliche, il est de même. Quand on approche de chez lui, il sort en grognant comme s'il voulait nous mordre :

— Calvase! Qu'est-ce que vous voulez?

Quand il voit que c'est nous, il cesse de grogner. Il ne dit plus calvase et nous laisse entrer. Astheure, youps! maintenant qu'il a Marrant, il sait que c'est nous qui sommes en bas. Marrant l'avertit et branle de la queue, vite, vite, comme quelqu'un qui est content.

Monsieur Cliche nous reçoit bien gentiment, comme une personne normale. Cette fois-ci, il est très heureux d'apprendre que sa cabane est occupée par des hirondelles. Il nous demande comment ça va dans nos observations d'oiseaux.

Comme de raison, Sam lui raconte :

— Étienne s'est fait voler ses jumelles, le jour même où il les a achetées.

Monsieur Cliche dit :

— Je suis désolé.

Au bout d'un moment, il se lève. Il va fouiller dans une armoire. Pendant ce temps, Marrant nous fait toute une fête. Quand il revient, il tient une autre cabane comme celle qu'il m'a donnée. Il me dit :

— Quand tes hirondelles auront pondu, tu viendras me le dire.

Il se tourne vers Sam et dit :

— Toi aussi, tu peux avoir des hirondelles chez toi.

Il lui donne la cabane qu'il a apportée. Ça, c'est très gentil pour un monsieur qui est censé ne pas l'être.

25

La collection d'œufs d'oiseaux

Trois jours sont passés. Je vais annoncer à monsieur Cliche que mes hirondelles ont pondu deux œufs. Il me dit :

— Viens voir !

À côté de sa cabane, il y a une clôture d'embarras. Ça, c'est une clôture faite avec des vieilles souches et des arbres qui sont morts. Sur une souche, il me montre un nid. Il dit qu'il est fait de brindilles, de radicelles et de terre. Des radicelles, c'est des petites racines. Monsieur Cliche, ça fait longtemps qu'il reste par ici. Il en sait beaucoup plus que nous autres. Il connaît en masse des choses qu'on ne connaît pas. Il y a quatre beaux œufs bleus dans le nid. Je fais le saut quand il en prend un. Je le suis jusque chez lui. Il monte en équilibre dans l'échelle avec son œuf dans sa main. Sur la galerie, Marrant nous fait son spectacle. Il l'envouèye se coucher. « Dans ton coin ! », qu'il lui dit.

À l'intérieur de la maison, ça sent toujours le foin, le tabac et je ne sais pas trop quoi, une autre odeur comme celle de ses vêtements. Je me demande bien ce qu'il va faire avec l'œuf. Il me dit :

— Regarde bien, ça va te servir !

Il prend une aiguille. Il perce doucement l'œuf à chaque bout. Après, il souffle à un bout pour le vider par l'autre bout. Il mouille l'œuf, puis souffle dessus jusqu'à tant qu'il soit séché à son goût. Il me dit :

— Tends ta main !

Il le dépose dans ma main. Il sourit parce que je suis tout surpris et aussi parce qu'il est content.

— Ce sera le premier œuf de ta collection. C'est un œuf de merle. Si tu veux, je t'aiderai à la rassembler, c'est en plein le temps.

— Vous m'aideriez à faire une collection d'œufs ?

— Bien sûr ! Tu dois penser que j'ai privé ces merles d'un œuf, mais détrompe-toi. Il y en aura un autre dans leur nid dès demain. Tu vois, les merles pondent de quatre à cinq œufs. Hier, il n'y en avait que trois. Ce matin, il y en avait un de plus. C'est pour ça que j'en ai pris un. La mère n'a pas encore commencé à les couver. Demain, elle en pondra un nouveau. Si tu veux collectionner des œufs, c'est comme ça qu'il faut faire. Tu trouves le nid. Tu attends que la mère ait pondu trois œufs. Tu prends le quatrième si tu veux, ou le cinquième, mais jamais le troisième, le deuxième et encore moins le premier. Parce que si tu fais ça, l'oiseau abandonne son nid. Ensuite, tu vides l'œuf comme tu m'as vu le faire et tu le mets dans ta collection. Tu veux voir la mienne ?

Je n'en reviens pas.

— Vous avez une collection ?

— Bien sûr que j'en ai une. Il y a des années que je ramasse des œufs chaque printemps.

Il ouvre le tiroir d'un vieux meuble qui ressemble à un buffet. Il y a plein d'œufs dedans que ce n'en est pas croyable. Il y en a de toutes les couleurs et de toutes les grandeurs. Mais non, dirait le frère Sigismond, il faut écrire de toutes les grosseurs. Monsieur Cliche les a mis sur de la paille comme pour les œufs de poule. Devant chaque œuf, sur un morceau de carton est écrit le nom de l'oiseau. Je reconnais tout de suite les œufs de merle, puis ceux, tout blancs, des hirondelles. Il y en a un beau gros blanc de martin-pêcheur, trois de pluvier, plusieurs de moineau, de pinson et de fauvette. Il y en a même dans un vrai nid comme celui du chardonneret.

— Il y en a qui sont restés dans leur nid ?

— Non, je suis allé chercher le nid après que les oiseaux l'eurent quitté. Demain, continue monsieur Cliche, tes hirondelles vont avoir trois œufs et quatre après-demain. Tu pourras en prendre un comme j'ai fait et tu le videras.

— Pourquoi il faut le vider ?

— Parce qu'autrement, il pourrirait. Il ne faut garder que la coquille. Ça te prendra de la ouate pour le mettre dessus ou de la paille.

— De la ouate, monsieur Maheu, le père de Sam, va m'en donner, il est pharmacien.

— Tu te trouveras ensuite une vieille boîte à chaussures dans laquelle tu le déposeras.

J'ai jamais été heureux de même! J'ai mon œuf de merle. Je vais en avoir un d'hirondelle. Monsieur Cliche fouille dans un coin où il y a toutes sortes d'affaires. Il revient avec une boîte d'allumettes vide.

Il dit, sûr de son coup :

— Ça va faire parfaitement l'affaire.

Il met un peu de mousse dans la boîte.

— C'est pour y déposer ton œuf.

C'est ce que je fais. Il ferme doucement le couvercle de la boîte, comme quelqu'un qui est très satisfait. Il lâche ensuite un gros soupir. Après quoi il me pousse doucement vers la porte :

— Maintenant, tu vas y aller parce que moi, j'ai quelque chose à faire.

J'ai le cœur qui fait boum! boum! boum! Je suis heureux comme ça ne se peut pas. Monsieur Cliche descend dans son échelle. Il part, une pelle à long manche sur son épaule et Marrant devant lui. Je pense qu'il s'en va au cimetière creuser une fosse. Je ne me suis pas trompé. Tout d'un coup, les cloches de l'église sonnent le glas.

Il est aujourd'hui interdit par la loi de faire des collections d'œufs d'oiseaux. (Note de l'auteur)

26

En pleine nature

Ce printemps, je le passe à chercher des nids. Ma mère qui n'a plus de pensionnaire s'occupe moins de ce que je fais. Elle est trop dans ses bonnes œuvres. Quand j'ai terminé mes devoirs, je vais chercher Sam. Nous courons chez monsieur Cliche. Nous partons tous les trois en excursion au bord de la rivière, dans les champs ou près de la forêt. Monsieur Cliche connaît les oiseaux sur le bout des doigts. Il sait tout ce qu'ils font. Parfois, nous cherchons juste par terre. Il dit que la moitié des oiseaux font leur nid au sol. Ce n'est pas croyable !

L'autre jour, je marchais le long d'un champ quand un oiseau m'est passé presque dessous les pieds. J'ai figé sur place. C'est ce qu'il faut faire.

— N'avance plus ! m'a lancé monsieur Cliche. Ne bouge pas, j'arrive !

Il est venu me rejoindre avec Sam. Il a tassé doucement le foin près de mes pieds. Tu parles d'une affaire !
Il y avait un nid de caché là. Il a dit tout de suite :

— C'est un nid de pinson chanteur.

Il y avait dedans cinq œufs bleu-vert avec des taches
brunes.

Monsieur Cliche demande tout de suite :

— Les enfants, remarquez-vous quelque chose de
spécial ?

— Euh ! Rien, fait Sam.

Je me risque :

— Il y a un œuf plus gros que les autres.

Monsieur Cliche le prend :

— Ce sera un œuf de plus pour ta collection. C'est
un œuf de vacher.

— Qu'est-ce qu'il fait dans le nid du pinson chanteur ?

— C'est justement le problème. Les vachers ne font
pas de nid, ils pondent dans ceux des autres. Ils font
élever leurs petits par d'autres oiseaux. Vous voyez, ici,
le vacher a pondu dans un nid de pinson. Si nous
n'avions pas enlevé cet œuf du nid du pinson, savez-
vous ce qui serait arrivé ?

— Non ! dit Sam.

Je cherche un peu une idée, puis je dis :

— Je donne ma langue au chat.

— Eh bien ! Le petit vacher est beaucoup plus gros
et grandit beaucoup plus vite que les petits pinsons. Il
aurait jeté les petits pinsons en dehors de leur nid et ils

seraient morts pendant que le papa et la maman pinson auraient continué de ne nourrir que lui.

— C'est donc bien méchant !

— La nature est ainsi faite. Les plus forts écrasent les plus faibles.

— Comme ça, quand nous trouvons un nid, c'est mieux d'enlever les œufs de vacher.

— C'est préférable.

C'est bien pour dire, dans la nature c'est pareil comme à l'école. Les plus grands écrasent les plus petits. C'est une expression que je n'aime pas. Les grands font comme les vachers. Il y a aussi les plus paresseux. Ils copient leurs devoirs sur ceux des autres. Le frère Euplius dit qu'on appelle ça des profiteurs.

Monsieur Cliche a aussi pris un œuf de pinson pour ma collection. Il a dit :

— Demain, il y aura encore quatre œufs dans le nid, mais ce seront tous des œufs de pinson, puisque la mère pinson en aura pondu un autre.

Il s'est penché pour ramasser un petit bout de bois qui traînait par là. Il l'a planté tout près du nid.

— Quand, dans trois semaines, les oiseaux auront quitté leur nid, tu pourras venir le chercher. Le morceau de bois te permettra de le repérer, sans ça tu ne le retrouverais pas.

— Pourquoi ?

— Parce que l'herbe aura tellement poussé que tu ne reconnaîtras plus cet endroit.

Pendant ce temps, Sam ne tient pas en place. Il a repris le chemin. Tout à coup, il revient au grand galop pour nous avertir :

— Venez voir, il y a un oiseau blessé !

Pas loin, sur le bord de la route, un oiseau se plaint. Il bat de l'aile. Sam l'a suivi et l'oiseau s'est envolé. Mais là, il recommence la même chose.

— Voilà notre bon acteur, dit monsieur Cliche. C'est un kildir, un pluvier. Il porte le nom de son cri : kildir ! kildir ! Il fait semblant d'être blessé pour nous attirer loin de son nid. Il doit être près d'ici, sur le sol, le long du chemin parmi les cailloux. Nous devrions le voir de l'endroit où nous sommes.

C'est Sam qui le découvre dans un petit trou par terre. Il y a quatre beaux œufs vert pâle tout picotés de points noirs d'un côté. Les œufs de kildir sont drôlement faits avec un bout rond et l'autre pointu. Si on ne porte pas attention, on ne les voit pas. Ils ressemblent à de gros cailloux.

Si le frère Sigismond voyait ce que je viens d'écrire, il ne serait pas content. Il dirait : « Il faut écrire : si nous ne portons pas attention, nous ne les voyons pas. » C'est incroyable comme j'ai de la misère à y penser à chaque fois.

Monsieur Cliche dit :

— Les œufs de kildir sont faits de même pour être bien camouflés. Ils ont un bout pointu pour les empêcher de rouler en bas du nid.

N'empêche que ma collection vient d'augmenter de trois nouvelles espèces d'œufs. C'est comme ça que le temps passe. Je cherche des nids, des fois avec Sam, souvent avec monsieur Cliche, et d'autres fois, on cherche tous les trois ensemble. Il ne me manque qu'une chose, une paire de jumelles. Je n'ai pas le goût de recommencer à travailler tout l'été prochain pour en acheter une. C'est monsieur Cliche qui, une fois de plus, est venu à mon secours. Un jour que je le visitais et que Sam n'était pas là, il m'a dit :

— J'ai quelque chose pour toi !

— Quoi donc ?

— Tends les mains, ferme les yeux et tu verras.

— Si je ferme les yeux, je ne pourrai pas voir.

Il a ri de ma réponse. C'est rare qu'il rie. Il en a profité pour me mettre dans les mains un objet froid. Il a ajouté :

— Tu peux ouvrir les yeux, maintenant.

C'était une vieille paire de jumelles qu'il me prêtait pour que je voie mieux les oiseaux. Je n'en suis pas revenu encore. Surtout, je pense qu'en plus de ses informations, monsieur Cliche a toujours quelque chose à donner.

Dès que j'ai une minute, je cours dans les champs et les bois pour trouver des nouveaux nids d'oiseaux. Monsieur Cliche m'apprend à observer comme il faut. Je n'ai pas besoin d'aller vérifier dans un guide. Il les connaît tous. Nous n'allons jamais très loin. Des fois,

il tousse tellement que ça en fait pitié. Il dit qu'il souffre des bronches. Ça, c'est quelque chose qu'il ne faut
pas attraper parce que c'est fatigant. Tu cherches ton
souffle qui n'a plus envie de venir. Quand il tousse de
même, monsieur Cliche arrête parce qu'il ne peut plus
avancer. Les bronches, c'est terrible, ça l'empêche
même de marcher. Ensuite, ça lui donne de la grosse
fatigue. Monsieur Cliche, il n'est plus tout jeune, même
qu'il est très vieux. Je lui ai demandé s'il était là quand
Noé a construit l'arche. Il a ri, puis ses bronches l'ont
forcé à tousser longtemps, longtemps. C'est ça les
bronches, c'est effrayant. Ça empêche même de rire. Je
ne sais pas si monsieur Cliche est aussi vieux que
Mathu-je-l'aime. Lui, c'est le plus vieux monsieur du
monde. Le frère Euplius, quand on lui a demandé,
youps! quand nous lui avons demandé qui était le plus
vieux monsieur du monde, il a dit que c'était Mathu-
je-l'aime. C'est marqué dans le livre de Jésus-Christ. Je
ne sais pas quel âge a monsieur Cliche. Je n'ai pas voulu
lui demander. Mais il ne doit pas être loin de Mathu-
je-l'aime.

À part ça, quand nous allons dans les champs,
Marrant vient avec nous autres. Des fois, il est tannant
quand il y a un nid. Il tourne autour et jappe après. Il
est drôle quand il se baigne : il saute dans la rivière et
rapporte les bouts de bois que nous lançons à l'eau. Il
se secoue ensuite comme un fou. Ça s'appelle s'ébrouer.
C'est monsieur Cliche qui me l'a dit. Quand Marrant

s'ébroue de même, il nous éclabousse. Éclabousser, ça veut dire la même chose que mouiller, mais c'est pas tout à fait pareil parce qu'on n'est pas mouillé autant.

Parfois, nous faisons des pique-niques. C'est moi qui apporte toujours les sandwichs. Quand Sam est là, il a des bouteilles de jus et quelque chose de spécial comme de la gomme balloune, une barre de chocolat, des chips. Ça, c'est bon en pas pour rire ! Nous n'arrêtons pas d'en manger tant qu'il en reste. Monsieur Cliche apporte aussi des petits gâteaux Vachon.

Cet été, je travaille un peu, mais juste pour m'acheter un guide d'oiseaux. À la Saint-Jean-Baptiste, tout le monde allume des feux, pas dans les maisons, mais sur le bord de la rivière, des deux côtés. Le meilleur endroit pour les voir c'est le pont. De là, c'est comme des longues chaînes de feu.

Je vois Sam de moins en moins. Avec sa bicyclette, il fait la livraison pour la pharmacie. Le soir, il dit qu'il est fatigué. Moi, je sais qu'il traîne d'un bord à l'autre, rien que pour voir des filles de loin. Je vais souvent chez monsieur Cliche. Il me semble qu'il est plus vieux à chaque fois. Il a toujours quelque chose à m'apprendre sur les oiseaux et sur beaucoup d'autres affaires. C'est un savant. Il connaît même les étoiles par cœur. Il peut dire aussi d'avance, bien mieux que monsieur Léo, le temps qu'il va faire le lendemain, puis le jour d'après. Il dit : « Je vais t'apprendre à lire le ciel et à reconnaître les fleurs sauvages, les arbres par leurs feuilles, les animaux à leurs traces. » Il m'a même emmené à la pêche au ruisseau du moulin.

27

La partie de pêche

C'est un ruisseau qui arrive par en haut des montagnes. Il est comme un serpent qui se promène tout seul dans les bois et dans les champs. Il se laisse aller quand il y a des côtes dans les vallons. Il se fait un chemin entre les arbres. Comme dit monsieur Cliche, il aime à s'attarder dans une crique à l'ombre de peupliers avant d'aller rejoindre la Chaudière.

Monsieur Cliche sait bien où sont les plus belles truites. C'est en plein là que nous allons pêcher. En marchant le long du ruisseau, v'là-t-y pas qu'il s'arrête. Je me demande pourquoi. Il choisit des branches de saule. Il les plie un peu dans ses mains. C'est pour nous faire des perches. Il attache nos lignes après, avec les hameçons. Il reste juste à mettre nos vers sur les hameçons pour commencer notre pêche. Pressé, je veux déjà piquer un ver que je tiens entre mon pouce et mon index. Il se tortille comme ce n'est pas possible.

— Tu es beaucoup trop impatient, me dit monsieur Cliche. Respire par le nez. Profite de ta journée. Nous avons encore un bout de sentier à faire avant la fosse où se trouvent les truites. Regarde, il fait un temps d'abondance.

Monsieur Cliche, des fois, il dit des belles choses pas comme les autres. Nous nous arrêtons un peu. C'est là que je vois comme je suis content pas ordinaire. On appelle ça avoir le cœur comblé. Je regarde autour. Je vois le sentier près du ruisseau entre les saules. Ils ont des feuilles minces et pointues comme des épées, mais elles ne sont pas coupantes. Il y a des hirondelles qui volent juste au-dessus de l'eau pour boire. J'entends itou des goglus sur les poteaux des clôtures. Ce mot-là, itou, le frère Euplius ne l'aime pas. Il dit qu'il faut employer aussi à la place. Mais moi, j'aime ça, itou.

Nous marchons encore assez longtemps. Monsieur Cliche est essoufflé. Il fait semblant que non, mais je vois depuis un bout de temps qu'il a plus de misère à respirer. C'est comme quand il grimpe dans son échelle à sa cabane. On dirait qu'il a un gros poids de cinq cents livres sur le dos. Ça lui prend du temps pour monter d'un barreau à l'autre. Là, c'est pareil. Il ne marche pas vite. Il dit :

— Nous allons faire une halte, le temps de nous désaltérer à une source et de remplir ma gourde d'eau fraîche.

Une gourde, ça c'est comme une bouteille ronde pour mettre de l'eau. La sienne est tellement vieille que ça ne se peut pas ! Elle est pleine de bosses. Nous voilà arrêtés encore au bord du ruisseau. Je me suis assis sur une souche couverte de mousse. J'ai les fesses un peu mouillées. J'essaye de voir des truites dans l'eau du ruisseau. Je respire toutes sortes de senteurs. Attends un peu ! Ça, c'est la senteur des herbes au bord de l'eau. Elles sont montées sur des longues tiges avec des grands cheveux qui trempent dans l'eau. Comment ça s'appelle ? Je vais le demander à monsieur Cliche après sa sieste. Là, il dort. Une sieste, c'est justement quand on dort un peu en plein jour.

Autour de nous, ça sent aussi la mousse. Ça, c'est une senteur que je connais par cœur. Vous ne savez pas ce que monsieur Cliche a dit quand je lui ai demandé comment s'appelle la grosse fleur pas bien belle, mais qui sent bon comme madame Maheu avec plein de papillons ? Il a dit :

— C'est une asclépiade. Veux-tu m'en apporter une, que je la sente ?

Je lui en ai donné une. Il l'a sentie. Il a ri dans sa barbe. Je l'ai vu. Il a dit comme ça :

— Cette fleur-là a eu une grande place dans ma vie.

J'ai demandé :

— Quelle place ?

Il n'a pas répond, youps ! il n'a pas répondu.

Le soleil joue au miroir sur la rivière. Avez-vous déjà joué au miroir ? On prend un miroir. On attend que le soleil soit juste au-dessus. Avec le miroir, on prend du soleil et on l'envouèye sur le mur ou autour de quelqu'un. Je l'ai fait avec Sam. On a eu bien du fun ! C'est donc de valeur que Sam travaille. Les vacances, cette année, ne sont pas pareilles. Heureusement qu'il y a monsieur Cliche !

Tiens ! Le ruisseau a changé. Il coule plus vite. On appelle ça des rapides. L'eau fait des bouillons comme dans la grande bouilloire sur le poêle, et après ça fait de la broue blanche. Savez-vous à quoi j'ai pensé ? Je me suis dit : « Le ruisseau pète de la broue. » J'ai ri tout seul. Péter de la broue, ça c'est une expression qui doit être dans le livre du frère Nicéphore. Il y en a une autre que je me rappelle aussi avec le mot péter. Ça dit : péter au fret. Ça, c'est comme mourir d'un coup. Péter de la broue, ce n'est pas pareil. C'est quelqu'un qui raconte des affaires comme s'il les a faites, mais ce n'est pas vrai.

Monsieur Cliche est réveillé. Nous marchons un peu plus vite. Il dit pour m'encourager :

— Nous sommes proches.

Il ajoute :

— Regarde comme il faut pour t'en souvenir si tu viens avec ton ami Sam. Le ruisseau est bien plus gros, presque comme une rivière. Après le détour en haut de la pente, tu vas la voir, la fosse.

C'est en plein ça ! Ce n'est pas croyable ! On dirait un petit lac.

Monsieur Cliche dit de la même manière qu'un propriétaire :

— Voilà ma fosse!

Un propriétaire, c'est quelqu'un qui a quelque chose qui n'est pas aux autres. Monsieur Cliche fait ni un ni deux. Il s'assit ou s'assoit, je ne m'en souviens plus, sur une roche au bord de la fosse, pour l'éternité. Il prend une perche. Il met un ver de terre après l'hameçon. Il lance sa ligne comme quelqu'un qui fait ça tous les jours. Elle tombe à l'autre boute, youps! à l'autre bout de la fosse. Flac! Il attrape une de ces belles truites qui attendait juste ça pour lui faire plaisir.

Il me dit:

— Regarde-moi faire et après ce sera ton tour.

Je l'observe avec mes deux yeux tout grands ouverts. Il lance sa ligne. Il faut avoir le tour. Encore une fois, flac! une truite. Il y en a d'autres qui sautent comme si elles avaient hâte de se faire prendre. Quand monsieur Cliche en attrape une, il ne tire pas comme un fou sur sa ligne. Il tire tranquillement dessus avec sa main. Il dit que c'est ça le plaisir de pêcher. Il faut prendre son temps pour laisser la truite se débattre et la sentir tirer un peu. À chaque fois qu'il en attrape une, il rit dans sa barbe et avec ses yeux qui ne sont pas pareils que quand il ne rit pas.

Il dit:

— Elles sont affamées. Tu veux en pêcher? Amène-toi!

J'ai hâte et j'ai un peu peur, parce que le cœur me débat. Tout à coup que je manque mon coup?

Monsieur Cliche a mis un gros ver après l'hameçon. Je lui demande :

— Comment je vais savoir si ça mord ?

— Tu le sentiras sur ta perche. Il faudra que tu tires à temps avant que la truite n'avale le ver.

Il tient ma main pour m'aider quand je lance la ligne à l'eau. Ça ne prend pas une seconde. Ça donne des petits coups au bout de ma perche. Je tire comme un fou. Il n'y a plus de ver après l'hameçon. Monsieur Cliche se met à rire comme jamais. Je ne pensais pas qu'il pouvait rire de même. Il plisse les yeux et se met à tousser. Il a deux grosses larmes qui tombent dans sa barbe. Il tousse si fort que c'en est effrayant. Il reprend son souffle, puis il rit moins fort et moins longtemps. Il se tape les cuisses comme quand on entend une histoire tordante. Je suis content de le voir rire. Mais le voilà qui s'étouffe encore et là, c'est moins drôle, parce qu'il souffle comme le soufflet de monsieur Cayouette à la forge : ou-ou-ou-ou-ouf ! Il finit par retrouver son souffle. Il dit :

— Elle t'a bien eu, la vache !

— Ce n'était pas une vache, c'était une truite.

Il recommence à rire un peu, mais arrête tout de suite à cause de son souffle qui lui manque quand il rit trop. Il dit :

— Ah ! Les maudites bronches.

Il met un autre ver. Il reprend ma main. Il me donne la canne à pêche et là, il m'aide à attraper ma première truite, la plus grosse du monde. Je suis énervé comme ce n'est pas possible. J'ai la truite dans mes mains. Elle frétille encore. C'est de même que monsieur Cliche appelle ça : frétiller. Voilà un mot vrai. C'est en plein ce que la truite fait dans mes mains. Monsieur Cliche m'aide à l'envelopper dans de la mousse. Je la mets tout près de moi dans l'herbe. Il a apporté ou emporté (il va falloir que je vérifie dans le *Larousse*) un panier avec du papier journal dans le fond pour mettre nos truites. Il dépose dedans celles qu'il a pognées. La mienne est bien dans l'herbe.

Je pense que je ne peux pas avoir plus de plaisir au monde que de pêcher au ruisseau du moulin avec monsieur Cliche qui rit et ne dit jamais calvase. Je suis tellement content que je n'ai pas remarqué qu'il ne fait plus soleil. Au loin, il y a des gros nuages gris qui s'en viennent vite. Tout d'un coup, zip ! Un éclair ! Comme une cicatrice dans le ciel. Boum ! Un coup de tonnerre encore très loin. Puis, boum ! boum ! comme dans la fanfare, un peu plus proche. Monsieur Cliche a déjà tout ramassé et envouèye à la maison ! Nous marchons vite pour rejoindre la route. Monsieur Cliche est essoufflé. Il y a tout plein d'éclairs. C'est de plus en plus noir. Les nuages s'en viennent vers nous autres. Ils s'accrochent presque dans les arbres comme des vieux rideaux déchirés. Nous ne pouvons pas nous cacher nulle part. Monsieur Cliche respire plus fort que jamais. Je viens de recevoir une goutte dans le cou. Le tonnerre quand il tombe me fait faire des sauts comme ce n'est pas possible. Je voudrais bien courir, mais ça ne donnerait rien, monsieur Cliche ne peut pas courir. La pluie se met à tomber comme la douche au terrain de jeu. Nous arrivons à la route. Tout à coup, monsieur Cliche m'attrape par un bras. Il m'amène avec lui vers un vieux banc qui est là je ne sais pas pourquoi, mais qui est bien commode. Nous nous cachons dessous.

L'orage est enragé. Les coups de tonnerre arrivent un après l'autre comme les coups de feu des chasseurs à l'automne. Paf! Paf! Paf! Boum! Boum! À chaque coup, je fais le saut et je tremble comme une feuille. La terre branle. Je me bouche les yeux pour ne pas voir les éclairs. J'ai peur comme jamais. Je pisse dans mes culottes, mais ça ne paraîtra pas, je suis déjà tout mouillé. Il pleut tellement que nous sommes couchés dans l'eau. J'ai beau presser mes mains bien fort sur mes yeux, les éclairs passent à travers. Mais c'est le tonnerre que j'haïs le plus. Mon cœur a envie de sauter à chaque coup. Si je ne meurs pas de peur, c'est parce que je suis avec monsieur Cliche. Avec lui, j'en suis certain, rien de malheureux ne peut arriver. L'orage finit par finir. Monsieur Cliche me dit :

— Pauvre enfant, celui-là, je ne l'ai jamais vu venir. Je commence à croire que je me fais bien, bien vieux.

Nous sommes trempés comme des lavettes. Ce n'est pas grave. Je suis quand même plus heureux qu'un millionnaire. J'ai attrapé ma première truite. Youps! J'y pense. Je l'ai oubliée dans l'herbe près du ruisseau. Ça fait rien, monsieur Cliche me donne une des siennes pour la remplacer. Ce n'est pas pareil, mais ça fait quand même. Je le sais, je vais avoir dans la tête pendant des jours ma première truite, la plus belle du monde. Quelque chose de même, ça ne se remplace pas. Arrivé chez nous, j'ai droit à toute la litanie de ma mère. Je ne l'écoute pas, parce que j'ai dans la tête la plus grosse truite du monde restée dans l'herbe. Ça, personne ne peut me l'enlever.

28

Les pierres semi-précieuses

Comme mon père le répète, l'été nous a gâtés de soleil. C'est pour ça que je suis surpris de découvrir ce matin qu'il pleut. Qu'est-ce que je vais faire ? Je cours chez monsieur Cliche. J'ai beau crier, il ne m'entend pas. Marrant s'est rendu compte que je suis là. Il me fait la fête. Il y a un instrument comme un petit tambour. Il tourne lentement sur l'établi. Ça fait beaucoup de bruit. C'est pour ça qu'il ne m'a pas entendu arriver. Quand il m'aperçoit, monsieur Cliche tire sur un fil. Le bruit arrête tout de suite. Là, ma mère ne serait pas contente parce qu'avant même de dire bonjour, je demande tout de suite :

— Qu'est-ce que c'est ?

Monsieur Cliche fait un sourire.

— C'est un de mes jouets des jours de pluie.

Sa réponse n'est pas une réponse correcte, parce que je ne sais pas plus ce que c'est.

Il se reprend tout de suite :

— C'est en réalité un barillet en métal dans lequel je baratte des pierres semi-précieuses.

Je sais que baratter, ça veut dire faire tourner comme dans une baratte à beurre. Il m'explique que le barillet est rempli d'eau et de sable. Il roule sur une courroie actionnée par un moteur électrique. Il y met des pierres semi-précieuses qui sont polies par le frottement sur le sable et il se sert de ces pierres pour faire des bracelets à breloques. Il voit bien que je ne comprends pas trop. Il dit :

— Ça t'en bouche un coin, d'après ce que je vois.

Je viens justement d'apercevoir près de son établi une boîte de bois avec des carreaux. C'est ce qu'il y a dedans qui me fatigue. Il dit avant que je lui demande :

— Tu as là un aperçu de ma collection de pierres semi-précieuses.

Lui, monsieur Cliche, c'est un vrai collectionneur. Il prend le coffre et le place sous mon nez sur l'établi. Je n'ai jamais vu quelque chose d'aussi extraordinaire. Il dit :

— Regarde, voilà un morceau de quartz rose.

Il le met dans ma main. Je l'examine. C'est une pierre transparente. Elle brille comme un feu, mais un feu rose. Je ne peux pas croire qu'il y a des pierres belles de même. Je n'ai pas fini d'examiner le quartz, qu'il met dans ma main une pierre mauve, puis il dit :

— C'est de l'améthyste.

Après ça, il ajoute :

—Voici une émeraude dans sa robe verte des grands jours.

Il m'en met d'autres dans les mains, puis il demande :

— Sais-tu la différence entre une pierre opaque et une pierre transparente ?

Je réponds que oui, même si je ne le sais pas vraiment. Je me dis : « Si une pierre est transparente, c'est que nous pouvons voir à travers, alors si une pierre est opaque, c'est qu'on ne peut pas. » Toutes, les opaques comme les transparentes, ont des couleurs différentes. C'est de même que nous pouvons les reconnaître. Il me les nomme une par une.

Je retourne le lendemain pour apprendre les pierres par cœur. Je les sais toutes maintenant. Ce sont des mots écœurants ! Qui est-ce qui m'a dit de ne pas employer écœurant quand je veux dire que c'est beau ? Je ne m'en rappelle plus. Mais en tous les cas, c'est des mots pas pareils comme les autres. Je dirais qu'ils brillent dans ma tête : agate, turquoise, aigue-marine, malachite, obsidienne, jaspe, citrine, zircon, calcédoine, jade, opale, tourmaline, œil-de-tigre, pierre de lune, topaze, cornaline et surtout celui qui me plaît le plus, lapis-lazuli.

Quand je raconte à Sam les pierres de monsieur Cliche, il ne veut pas me croire. Ma mère dirait qu'il est un saint Thomas. Lui, c'était un saint qui ne voulait jamais rien croire. Quand Sam a pu trouver deux minutes, il est arrivé avec son bicycle de livraison à la fine épouvante. Il a monté l'échelle en vitesse. Il s'est arrêté net fret sec devant l'établi de monsieur Cliche et ses yeux sont devenus grands comme des signes de piastre. Il est resté là longtemps, la bouche grande ouverte.

À présent, je connais toutes ces pierres-là à cause de leurs formes et de leurs couleurs. Je peux toutes les nommer. Je me suis fait une ritournelle qui se termine par lapis-lazuli. Je les range dans ma tête, trois par trois. Leurs noms sont presque aussi beaux que leurs couleurs. J'ai chanté ma ritournelle à Sam. Quand j'ai eu fini, il a dit :

— Euh ! La pisse à Julie, tu parles d'un nom !

J'ai repris :

— Ben non, voyons ! C'est pas la pisse à Julie, c'est lapis-lazuli.

Nous avons ri, mais pas assez pour être crampés.

Monsieur Cliche me dit :

— Maintenant que tu sais les noms des pierres et que tu peux les reconnaître, il faut que tu saches ce qu'il est possible de faire avec elles. Ces pierres dans la nature sont rarement dans l'état dans lequel tu les vois là. La plupart ont été travaillées. Je les ai d'abord taillées puis polies, pour en faire des bijoux. Mon tambour m'aide grandement dans ce travail. Il polit les petites pierres sans leur donner de formes particulières. J'en fais des bracelets ou des colliers. Les grosses pierres, je les travaille pour leur donner la forme que je veux. Certaines servent de presse-papier, d'autres de cabochons pour les bagues. Tu veux savoir comment je fais ?

— Ah, oui !

Il me montre aussitôt une pierre dorée avec des veines noires. Elle est belle, mais bien ordinaire.

— C'est un œil-de-tigre, je vais en faire un cabochon.

Un cabochon c'est comme les pierres que l'on voit sur les bagues. Au bout de son établi, il y a une petite scie avec le pied dans l'eau. Avec elle, il taille un morceau de pierre, comme si c'était du fromage.

— Comment ça se fait qu'on peut couper des pierres si facilement ?

— Sais-tu quelle pierre est la plus dure ?

— Non !

— Le diamant. Cette scie est munie de poussières de diamant. Elle sert à tailler les autres pierres.

— Pourquoi elle est dans l'eau ?

— Afin de ne pas chauffer, sinon elle s'userait très vite.

Il prend un petit bout de bois. Au bout, il y a de la cire rouge comme celle qui servait pour fermer les lettres il y a longtemps. Un peu comme de la plasticine, mais plus collante. Il la chauffe pour la ramollir un peu. Il met dessus son morceau d'œil-de-tigre qui se fixe après. Ensuite, il le passe sur une meule. C'est assez drôle, la pierre devient comme il veut, ronde, ovale, même carrée si ça lui tente. Il sait tout faire ! Après un bout de temps, il met dans ma main un œil-de-tigre tout jaune avec, comme dans un vrai œil, un point noir qui me regarde comme s'il me connaissait. Ça me fait tout drôle. Je le remets sur l'établi. Monsieur Cliche le prend et me le donne. Lui, il a un cœur grand comme ça, toujours prêt à donner quelque chose. Il dit :

— Je l'ai fait pour toi, garde-le en souvenir de cette semaine de pluie où nous avons travaillé les pierres pour en faire de petits soleils.

Je ferme lentement mes doigts sur mon trésor. Cette pierre comme toutes les pierres est vivante, je la sens toute chaude dans ma main. J'écarte doucement mes doigts. L'œil me regarde direct dans les yeux. Pourquoi tout à coup j'ai peur ? Ça ne serait pas à cause des fesses de Cécile et de l'œil de Dieu ?

Monsieur Cliche n'a pas fini de m'apprendre des choses avec les pierres. Il dit :

— Regarde bien ceci.

Il mouille au moins vingt pierres. Il me les désigne :

— Choisis celle que tu prendrais en premier. Choisis ensuite une deuxième, puis une troisième et ainsi de suite. Aligne-les sur l'établi.

Je prends aussitôt une pierre orange comme de la rouille, puis une blanche, une verte, une brun caramel, une grise tachetée, une noire comme la nuit.

La dernière que je mets sur l'établi est grise, pâle et pleine de bosses.

Monsieur Cliche se met à rire dans sa barbe. Dans ce temps-là, il branle la tête. Il paraît qu'il faut dire : il hoche la tête. Je l'entends chuchoter :

— C'est bien ce que je pensais !

Il me demande comme ça :

— Quelle pierre crois-tu que je choisirais en premier ?

— Je lui montre la pierre blanche, la deuxième que j'ai prise.

Il rit encore plus dans sa barbe.

— Tu te trompes. Essaye encore !

Je choisis la pierre noire. Il m'arrête. Il se place devant l'établi. Il passe sa main au-dessus des pierres et prend la dernière, la grise pleine de bosses. C'est bien pour dire ! Je suis surpris comme ça ne se peut pas ! Il se met à rire et dit :

— L'habit ne fait pas le moine.

Il met en marche la scie à diamant. Il tranche la pierre grise en deux. Sans s'arrêter, il la polit avec la meule sur un des côtés coupés. Quand il me la montre, je ne veux pas croire ce que je vois. C'est une pierre avec du noir, du gris, du rouge, écœurante en masse ! Ça, c'est un vrai miracle ! Monsieur Cliche me laisse la regarder longtemps :

— Sais-tu de quelle sorte de pierre il s'agit ?

— Est-ce que ce serait une agate ?

— C'est juste ! Tu vois, il ne faut jamais se fier aux apparences. Elle n'a l'air de rien à l'extérieur, mais elle possède le plus beau cœur du monde. Il y a beaucoup de monde comme ça. On ne le croirait pas à les voir. Les autres pierres ont un beau manteau et brillent quand on les mouille, mais c'est leur seule richesse. Quand elles sèchent, elles perdent leur éclat et on ne peut rien en faire.

— Où est-ce qu'on trouve des agates?

— Sur le bord de la mer. Les vagues les arrachent des fonds marins et les rejettent comme des trésors qu'il ne reste plus qu'à découvrir.

Il me raconte comment il a autrefois cherché des agates au bord de l'eau pendant des heures. Je m'imagine que j'en cherche au bord du fleuve qui est comme la mer. Il y a là, j'en suis sûr, des milliers de ces pierres-surprises.

Depuis ma découverte des pierres, mes nuits en sont pleines. Elles tournent dans mes rêves. Il y a des palais en pierre de lune, des arbres avec des fruits en cornaline, en jaspe, en topaze, des ruisseaux pleins de truites en opale ou bien en jade. Il y en a tout le tour des fenêtres qui brillent au soleil. Je marche sur des grèves à la recherche d'agates. Je cherche parmi les pierres mouillées les moins belles, les grises sous lesquelles il y a des cœurs d'or. Je fais des rêves assez beaux! Je suis heureux quand, tout à coup, je vois apparaître l'œil-de-tigre. Il me fixe longtemps, se met à grossir, grandit encore, devient l'œil de Dieu. Je me réveille en sueur. L'œil de Dieu qui surveillait Caïn, c'est moi qu'il surveille à présent. Il tue d'un seul coup tous mes bonheurs précieux et semi-précieux.

29

Le cerf-volant

Un autre jour où il pleut, monsieur Cliche me dit :

— Nous allons en profiter pour fabriquer un cer[f]
volant. Commençons par ramasser ce qu'il nous fa[ut]
de ficelle, beaucoup de ficelle.

Je vais trouver Sam pour lui parler du cerf-vola[nt]
Ce n'est pas long qu'il trouve un premier rouleau [de]
corde. Il m'encourage :

— J'ai une livraison à faire, m'explique-t-il, mais [je]
vais arrêter en chercher d'autre chez le boucher. T[oi]
pendant ce temps-là, va au 5-10-15.

Je vérifie si monsieur Léo est dans le magasin [Il]
n'est pas là. Je rentre. Germaine va certainement [me]
donner de la ficelle. Elle est moins gratteuse que [lui]
Mais Germaine dit :

— Tu en demanderas à Léo.

— Il n'est pas là ?

— Non, par les temps qui courent, il a d'autres chats à fouetter.

Je suis sorti. Sam a raison. Monsieur Léo est méchant. Quand il ne tue pas les chats, il les fouette.

Même s'il pleut, je rejoins Sam à la boucherie. Le boucher est drôle. Il sourit tout le temps. Il nous donne au moins vingt pieds de ficelle. Mais il en faut beaucoup plus pour faire monter un cerf-volant bien haut dans le ciel. Nous nous demandons où en trouver d'autre. C'est là que je pense à Fabien le vidangeur. Une fois par semaine, il fait le tour du village pour ramasser les déchets. Dans sa cour, c'est plein d'une foule d'affaires. Il a de tout, il doit bien avoir des rouleaux de corde! C'est plate, par exemple, il reste à l'autre bout de la ville. Ça ne fait rien, j'y vas pareil, youps! j'y vais pareil. Sam me dit:

— Vas-y tout seul, je vas voir chez le boulanger.

Ça me prend longtemps pour arriver. Je suis tout mouillé. J'ai envie de ne pas continuer. Je me dis: « Tout à coup qu'il n'est pas là? » Mais quand j'ai quelque chose dans la tête, comme dit mon père, je ne l'ai pas dans les pieds. Ça vaut la peine. Fabien a des rouleaux de corde de différentes grosseurs à ne pas savoir quoi en faire.

Rendu là, je dis tout de suite:

— J'ai besoin de ficelle.

— C'est pourquoi au juste?

— Pour faire monter un cerf-volant.

— Tu viens pour me quémander de la corde!

Il rit tout seul. Il ne dit plus un mot. Il regarde le plafond de sa cabane, comme s'il voyait des cerfs-volants dans les airs. Ça doit être ceux de ses souvenirs. Je le trouve curieux. Il était normal, mais là, j'ai beau lui parler, il reste dans la lune. Pas loin de lui, je vois un beau rouleau de corde cirée.

— Monsieur Fabien, combien voulez-vous pour celui-là?

Il regarde encore au plafond, comme s'il n'avait rien entendu. Puis il dit:

— Ce rouleau-là, il est à toi. Prends-le et va-t'en vite avant que je te le fasse payer.

Je saute sur le rouleau. Il essaye de m'attraper. Je pars à la course avec le cœur qui me débat comme une souris dans une poche de guenilles. Je crie:

— Merci! Dieu vous le rendra.

J'entends juste un drôle de rire. C'est pour ça que les autres disent qu'il est fou.

En revenant, vous ne savez pas qui je vois sur le chemin, toute trempe, les deux pieds dans la vase? Frésine. Elle aussi est folle. Ma mère ne dit pas qu'elle est folle, elle dit qu'elle n'est pas toute là. Ça veut dire la même chose. Moi, je ne vois pas comment elle n'est pas toute là, parce que je vois bien qu'il ne lui manque rien. Elle a sa tête, ses deux bras et ses deux jambes.

Ma mère dit aussi que Frésine n'est pas toute à elle. Ça veut aussi dire qu'elle est folle, mais c'est pas dit pareil. En tous les cas, Frésine n'est pas comme les autres. Elle rit toute seule. Elle parle toute seule. Elle se raconte des histoires pour elle toute seule. Elle se promène avec son serin dans son chapeau et son chapeau sur la tête. Quand elle sort comme ça dans la rue, il faut vérifier si elle n'a pas mis son oiseau dans son chapeau. Si on n'y pense pas, son serin va mourir étouffé. Mais là, elle n'a pas de chapeau. Ça ne l'empêche pas de parler toute seule. Comment ça se fait qu'il y a du monde de même ?

Monsieur Cliche est très content de me voir arriver avec mes rouleaux de corde, mais il me chicane pour être parti si longtemps sous la pluie. Je suis trempé jusqu'aux os. C'est juste là que je m'en aperçois pour de vrai.

Monsieur Cliche bourre son poêle de bon bois. Il fait une grosse flambée.

Il dit :

— Reste là près du poêle, le temps de te sécher un peu.

Il ajoute :

— Ton ami n'est pas avec toi ?

— Il allait chercher de la ficelle chez le boulanger.

— Chez le boulanger ? Vous n'aurez pas le moindre petit bout de corde de lui.

Tout en parlant, il place tout ce qu'il faut sur son établi : le bois, la ficelle, une paire de ciseaux et un canif. Après, il met tout ça à côté. Il commence à faire une trappe à écureuil.

Je lui demande :

— Et le cerf-volant ?

— Le cerf-volant ? Il me manque deux choses nécessaires à sa confection, de la colle blanche et du papier de soie. Pour la colle, ça ira, j'en ferai une recette avec de la farine, mais pour le papier de soie, je me demande bien où je pourrais en trouver.

Je me rappelle que j'en ai vu, il n'y a pas longtemps, mais où ? Je réfléchis bien fort. Ça me revient, oui, c'était chez la modiste, madame Dionne ! Une modiste, c'est une madame qui vend des vêtements pour les femmes. Ça, je le sais parce que ma mère achète son linge là. Je cours chez madame Dionne. Il ne pleut plus. Le soleil montre le boute, youps ! le bout de son nez. J'arrive vite devant son magasin. C'est marqué en grosses lettres : *Anne Dionne, modiste, confection en tout genre.* J'entre sans cogner, parce qu'il y a une clochette au-dessus de la porte. Elle sonne, ding ! dong ! quand on entre. Madame Dionne est là. Elle est toute petite, elle parle sec, mais elle n'est pas maligne. À cause de ses yeux, ça se voit. Je lui dis :

— Bonjour, madame ! J'ai un service à vous demander.

Elle fait un beau sourire.

— Qu'est-ce que je peux faire pour toi, mon garçon ?

— Mon ami et moi, nous fabriquons un cerf-volant. Nous ne pouvons pas le faire monter parce que nous n'avons pas de papier de soie.

Elle vient les yeux en accents circonflexes.

— Je vois. Tu es venu me demander du papier de soie. Voyons, voyons si je peux te rendre ce service.

Elle fouille dans sa mémoire pendant beaucoup de minutes, en tous les cas longtemps. Si elle n'a pas de papier de soie, il n'y aura pas de cerf-volant. Puis, j'entends le bruit du papier de soie. Il me semble qu'il ne fait pas le même bruit que les autres. Madame Dionne me donne par-dessus le comptoir deux morceaux, un bleu et un blanc.

Je suis tellement énervé que je crie :

— Merci, grand merci ! Vous me sauvez la vie.

Elle sourit des deux yeux et dit :

— Ton cerf-volant bleu et blanc sera beau dans les airs. Il se confondra avec le ciel et les nuages.

— Comment je vous dois ?

— D'abord, il ne faut pas dire comment, mais combien je vous dois. Ensuite, tu ne me dois rien du tout, c'est de bon cœur.

Je prends les morceaux de papier. Mon cœur à moi fait boum, boum. Je dis :

— Merci encore, madame Dionne, vous êtes bien bonne. Dieu vous le rendra.

Je sais maintenant que je vais avoir mon cerf-volant, c'est sûr. Sam n'est pas là. Il doit faire des livraisons pour son père. Ça me fait de la peine. Il ne saura pas comment ça se fait, un cerf-volant. Monsieur Cliche dit :

— Je te félicite pour ta débrouillardise.

La débrouillardise, je pense que ça veut dire quelqu'un qui se débrouille bien.

Monsieur Cliche met la trappe à écureuil de côté pour terminer le cerf-volant. Il a deux bouts de bois qu'il appelle des languettes. Il les place en croix. Je l'aide à les attacher ensemble. Avec son canif, il fait une encoche aux quatre bouts de la croix. Il prend ensuite une ficelle. Il la passe dans chacune de ces encoches et attache les deux bouts ensemble. Nous avons ce qu'il faut pour poser le papier de soie.

Monsieur Cliche dit :

— J'ai fait de la colle pendant que tu étais parti. Maintenant, nous allons coller notre papier de soie. C'est l'opération la plus délicate. Tu vas m'aider.

Il met le papier sur l'établi et y dépose la croix. Il prend son temps pour plier le papier de soie par-dessus la ficelle attachée autour de la croix. Il laisse deux pouces pour nous permettre de coller le papier. Il découpe ce qu'il y a de trop. Il fait très attention. Avec un pinceau, il étend de la colle blanche. Il plie le papier par-dessus, comme on le fait avec la languette d'une enveloppe. Je l'aide à tenir tout ça jusqu'à ce que la colle sèche comme il faut.

Monsieur Cliche soupire.

— Il reste juste à confectionner la queue pour que notre cerf-volant soit prêt. Mais il va falloir attendre qu'il fasse un bon vent.

Il me montre comment plier le papier journal. Il faut faire des boucles comme après les tresses des filles et les attacher à une ficelle, pas les filles mais les boucles. C'est ça, une queue de cerf-volant.

Je demande à monsieur Cliche :

— Pourquoi le cerf-volant a besoin d'une queue ?

— Pour garder sa stabilité dans le vent. Sans queue, il serait comme une poule pas de tête qui court partout.

— Hein ! Vous riez de moi. Une poule pas de tête est morte.

— On voit bien que tu n'as jamais vu comment on tue une poule.

— Comment ?

— On l'attrape et on lui met la tête sur une bûche et d'un coup de hache on la lui fait partir.

— Hein !

— Eh oui ! Et quand on lâche la poule pas de tête, elle se met à courir partout comme une folle.

Je le regarde avec des grands yeux.

— Tu ne me crois pas ? Eh bien ! demande à ta mère ou à ton père.

C'est justement le temps d'aller dîner. Je cours à la maison. Je demande à ma mère :

— Comment les poules sont tuées ?

Elle sursaute.

— Tu parles d'une question ! D'où te vient ce soudain intérêt pour les poules ?

— C'est monsieur Cliche qui m'a parlé des poules pas de tête qui courent partout.

— Il a raison. Les poules, quand on leur coupe la tête, continuent de courir quelques secondes.

— Il faut que je voie ça pour le croire.

— Saint Thomas, tu ne peux pas croire sans voir ? Peux-tu au moins deviner ce que ça sent ?

— Hum ! Oui ! Le sucre à la crème !

— C'est ça ! Tu en auras un morceau pour dessert.

— Hourra ! Est-ce que je pourrai lécher les cuillères ?

— Si tu veux, mais pas avant de t'être lavé les mains et d'avoir mangé ton morceau de poulet.

Pourquoi ma mère a fait du sucre à la crème ? C'est rare ! Oh ! mais j'y pense, ça va être son anniversaire !

La première fois que nous essayons de le faire voler, notre cerf-volant fait un tour et pique du nez dans l'herbe mais il ne se casse pas. Monsieur Cliche dit :

— Il va falloir lui ajouter de la queue.

À la ficelle, une après l'autre, il y a une douzaine de boucles de journal. Monsieur Cliche en a apporté autant au cas où. Il conseille :

— Ajoutons-en six. Pour moi, ça devrait aller.

Ça marche. Le cerf-volant monte. Ça prend un peu de temps, puis il monte encore. Monsieur Cliche nous encourage :

— Donnez de la ficelle tranquillement.

C'est ce que nous faisons. Le cerf-volant monte, puis monte encore. Il s'éloigne dans le ciel et devient plus petit.

— Viens le tenir, dit Sam. Fais bien attention parce que ça tire beaucoup.

C'est vrai. Savez-vous que ça tire en pas pour rire, un cerf-volant ? J'ai peur de monter dans le ciel avec. Monsieur Cliche nous montre comment il faut faire pour nous aider à le tenir pour pas que ça soit trop fatigant. Il enfonce un piquet à terre, mais de biais. Il entoure la corde après.

— Vous pouvez le lâcher doucement.

Avec le piquet, ça ne tire presque plus pantoute. C'est moins le fun, mais c'est pour nous reposer. Je me couche sur le dos dans l'herbe à côté de Sam pour regarder notre cerf-volant.

Monsieur Cliche demande :

— Savez-vous à quelle hauteur il est ?

— Cent pieds, je crois.

Sam pense que c'est cent cinquante pieds.

— Vous en êtes bien loin, il est à deux cent dix pieds, c'est-à-dire presque au bout du rouleau comme moi, mais pour quelqu'un au bout du rouleau, il faut admettre qu'il a passablement d'énergie.

Il se met à rire parce qu'il trouve ça drôle. J'aimerais être à la place du cerf-volant. Ça doit être comme dans le clocher de l'église pour voir la ville. Nous nous amusons pendant quelques heures. Nous faisons voler notre cerf-volant dès qu'il y a du vent. Des fois, c'est moi qui le tiens. Sam, lui, tire sur la corde en courant. D'autres fois, c'est Sam qui le tient et c'est moi qui cours avec. Après, c'est le temps de retourner à la maison. Monsieur Cliche se met à rouler la corde pendant que nous regardons notre cerf-volant descendre vers nous autres. Je n'en reviens pas qu'il puisse voler si haut. Ça fait curieux de le retrouver.

Savez-vous ce que nous avons décidé, Sam et moi ? Faire monter notre cerf-volant le soir, à la noirceur. J'attends le signal de Sam. Le signal, c'est un petit caillou qui frappe sur le bord de la fenêtre. J'ouvre. Sam est là. Il dit tout bas :

— Hey ! Étienne, c'est moi ! Es-tu prêt ? Apporte un gilet pour pas avoir froid.

Il me reste un soulier à mettre. Je ne sais pas pourquoi, mais pendant que je le mets, je pense que c'est drôle comme qu'on parle, youps ! comme nous parlons drôlement. On dit hey ! quand on veut appeler quelqu'un ; ayoye ! quand on se fait mal ; oh ! quand on est surpris ; ah ! quand on a compris ; ouf ! quand on est essoufflé. Je n'avais jamais pensé à ça. Mais là, j'ai mis des on partout. Je n'ai pas le temps de corriger.

Sam m'appelle encore tout bas :

— Étienne, es-tu prêt ?

— J'arrive !

Je sors sur le bout des pieds. Sam va vers le hangar. Le cerf-volant est là. Je lui demande :

— Comment nous allons le voir ?

— Euh ! Attends un peu.

Il me montre une petite *flash light* qu'il fixe après le cerf-volant en dessous.

— On va voir sa lumière.

C'est un de ces beaux soirs avec juste assez de vent. Le cerf-volant monte tout de suite. La petite lumière se promène dans le ciel. Je n'arrête pas de la regarder. C'est comme une étoile de plus. C'est notre étoile et en plus elle bouge. Je sais qu'astheure, youps ! qu'à présent, je ne regarderai plus les étoiles comme avant. Il me semble que je chercherai toujours quelque part notre étoile, à Sam et à moi. Si je n'avais pas vu les fesses de Cécile, je serais presque heureux.

30

Le complot

Ce matin, quand j'arrive chez monsieur Cliche, il est malade au lit. Il tousse beaucoup et ne veut pas que j'aille chercher le docteur Dufour, mais j'y vais pareil. Il paraît qu'il a une bronchite. Va falloir qu'il fasse attention, dit le docteur, parce que des fois, les bronches, ça ne pardonne pas. Ça veut dire que c'est dangereux. Les bronches, c'est par où on respire. Quand les bronches vont mal, nous respirons en faisant des si-i-i-i-i. Ça sile et même des fois, ça siffle.

Le docteur demande :

— Sais-tu si quelqu'un s'occupe de monsieur Cliche ?

Je réponds :

— Moi.

— À part toi, il y a quelqu'un d'autre ?

— Sam, des fois.

— C'est qui, Sam ?

— C'est mon ami, mais il vient moins souvent parce qu'il travaille à la pharmacie pour son père. Il fait des livraisons.

Le docteur fait remarquer :

— Il faudrait bien que quelqu'un de plus vieux y voie.

J'explique :

— Monsieur Cliche, il n'a personne à part nous autres puis Marrant.

Le docteur lui donne du sirop à prendre. C'est moi qui le donne à monsieur Cliche. Des fois, il ne veut pas le prendre. Je reste là jusqu'à temps qu'il l'avale, parce que le docteur l'a dit et il faut écouter le docteur une fois pour toutes.

Je continue mes vacances tout seul comme avant, mais pas tout à fait comme avant parce que ma mère a trouvé une nouvelle pensionnaire. C'est ma tante Aurore, la sœur de ma mère. Il ne faut pas le dire trop fort, mais c'est une vieille fille. Ça veut dire qu'elle n'est pas mariée. Quand je dis à Sam que ma tante Aurore va rester chez nous, il est surpris :

— Ta matante va rester chez vous ?

Je le reprends parce que je sais qu'il ne faut pas dire ça de même :

— D'abord, c'est pas ma matante, c'est ma tante qu'il faut dire. Ensuite, elle n'est pas mariée et ça va faire de la compagnie à ma mère. Comme ça, elle va être moins sur mon dos.

— S'il fallait que mon mononcle vienne habiter chez nous !

— Je viens de te dire qu'on ne dit pas mon mononcle ou ma matante, mais mon oncle et ma tante. Si ton oncle allait rester chez vous, qu'est-ce que ça ferait ?

— Ça ferait quelqu'un de trop dans la maison, ma mère l'endure pas.

— Comme mon père.

— Ton père veut pas ?

— Mon père n'est pas content parce que ma mère ne le lui a pas dit avant.

— Il va la renvoyer ?

— Peut-être, je ne sais pas.

Ma tante aide ma mère pour ses bonnes œuvres. Elles s'occupent tout le temps des dames de Sainte-Anne, des femmes tertiaires et de la Part des dames. Une fois par mois, elles partent dans la paroisse pour quêter de l'argent. La Part des dames, c'est l'argent que les madames donnent pour monsieur le curé.

Ma tante Aurore parle du matin au soir. Elle n'est pas capable de se taire. Mon père appelle ça un moulin à paroles. Elle dit tout ce qui lui passe par la tête :

— Il a fait beau aujourd'hui, je ne sais pas s'il fera beau demain, mais il fera sans doute beau après-demain, après la pluie le beau temps, ne trouves-tu pas, Berthe, que nous avons une belle température ? En tout cas, monsieur le curé est bien content, parce que les gens sont généreux aux quêtes du dimanche. Je me demande si madame Bertrand va venir à la messe demain, elle devrait nous remettre son aumône pour la Part des dames. D'après toi, Berthe, devrions-nous en faire plus ? Monsieur le curé ne me semblait pas trop satisfait de notre dernière tournée, on dirait que les dames sont moins généreuses d'un mois à l'autre. Est-ce qu'on va faire des confitures cet automne ? On pourrait bien, ne penses-tu pas Berthe ? Quand est-ce qu'on commence les démarches pour Étienne ? Crois-tu, Berthe, qu'il faudrait y penser ? Est-ce qu'on a assez de sucre ? Il faudrait bien en acheter. Le chien de madame Drolet est-y assez laid ! Ne trouves-tu pas, Berthe, qu'on pourrait avoir un chien ? Un petit chien, ça ne dérangerait personne. Il faudrait, par exemple, qu'il soit plus beau que celui de madame Drolet.

Ça continue de même, du matin au soir, sur le même ton d'enterrement. Quand il est à la maison, mon père en grince des dents. Ma mère, elle, est souvent sur son dos. Elle n'est pas grimpée sur le dos de mon père, c'est une expression qui veut dire que ma mère est souvent après mon père. Par exemple, elle dit que mon père est toujours en retard. Elle dit que c'est une mauvaise habitude. Dans ce temps-là, mon père répond qu'il ne sera pas en retard au jugement dernier et qu'il va arriver à Noël en même temps que nous autres. Des réponses de même, ma mère, ça la fait enrager. Je le sais parce que dans ce temps-là, elle parle toute seule et ça, c'est parce qu'elle n'est pas de bonne humeur. En plus, ça arrive souvent. De toute façon, quand ma mère ne bouge pas les lèvres pour parler, c'est pour prier.

Ma mère n'est pas souvent de bonne humeur. Mon père dit qu'elle a toujours quelque chose à redire et qu'elle est négative. Par exemple, je suis bon en dessin, tout le monde le dit. Pour la fête de ma mère, j'ai dessiné un beau bouquet de fleurs avec des roses dedans, des lys et des tulipes pleines de couleurs. J'ai écrit dessous : bonne fête maman. Elle a été contente de mon dessin, je le sais, parce qu'elle a dit qu'il était pas pire. Ma mère, quand tu lui demandes ce qu'elle pense d'un bijou, d'une belle fleur ou d'un cadeau, elle répond toujours qu'il est pas pire. Quand j'ai des bonnes notes comme cent pour cent en français et un très bon bulletin, elle ne dit pas que c'est très beau, ou que c'est excellent, ou qu'elle est très contente, elle dit juste : « Continue, c'est pas mal. » Avec elle, c'est jamais très beau ou très bon, c'est toujours pas pire ou pas mal. C'est pour ça que mon père dit qu'elle est négative.

Je sais que ma mère et ma tante Aurore préparent quelque chose. Je les ai très bien entendu dire : « Quand est-ce qu'on commence les démarches pour Étienne ? » Ça m'inquiète. J'ai bien besoin de ça pour me fatiguer en plus des fesses de Cécile ! Puis ce n'est pas tout. Mon père est toujours de mauvaise humeur depuis que ma tante est là. Il bougonne. Pourtant, mon père, il n'est pas de même d'habitude. Il rit, il chante. Pour moi, ça ne durera pas longtemps. Le presto va sauter.

※

Vous ne savez pas ce qui est arrivé ? Je vais vous le conter. Ma mère dit toujours à mon père :

— Roméo, ramasse-toi.

C'est parce que mon père laisse tout à la traîne. Il répond :

— T'as qu'à ramasser toi-même.

Il ne fait pas ça parce qu'il est méchant, il fait ça parce qu'il est de même. Par exemple, en entrant dans la maison, il faut enlever nos souliers. Mon père, lui, les ôte dans l'entrée. Il les laisse là. Il dit :

— Si ta mère n'est pas contente, elle les enlèvera.

C'est ce qu'elle fait. Elle passe derrière lui pour les ramasser. Dans ce temps-là, elle dit :

— Roméo Jutras ! Tu pourrais serrer tes souliers comme tout le monde. Attends-tu que quelqu'un s'emmêle les pieds dedans et se casse le cou ?

Un beau matin, en revenant de la messe, ma tante Aurore portait un chapeau à voilette. Ça, c'est un chapeau avec un voile qui descend devant les yeux. Ma tante n'a pas vu les souliers de mon père à la traîne comme d'habitude. Elle s'est enfargée dedans et elle est tombée en pleine face dans le vestibule. Elle s'est blessée à une cheville. Elle s'est fait aussi une grosse prune sur le front. Ce n'est pas la prune qui a été le pire, c'est sa cheville. Elle n'était plus capable de se relever. Le docteur est venu. Ma mère était enragée. Quand mon père est arrivé, ma mère lui a crié :

— Viens voir ce que tu as fait, Roméo Jutras!

— Qu'est-ce que j'ai fait encore?

— Viens voir, mon beau fin!

Mon père est allé dans le salon. Ma tante Aurore était étendue sur le divan. Ma mère mettait de la glace sur la cheville de ma tante.

— Regarde! Ça, c'est de ta faute parce que tu es trop lâche pour ramasser tes souliers. Ce qui devait arriver est arrivé. Ça fait mille fois que je te le dis. Aurore est entrée avec son chapeau. Elle n'a pas vu tes souliers à la traîne.

Dans ce temps-là, mon père ne s'énerve pas. Il répond tout de suite. Il a dit:

— Si ta sœur était moins *fancy*, elle porterait des chapeaux pour gens normaux. Comme ça, elle verrait où elle marche.

Ma tante Aurore est devenue rouge comme une tomate. Elle a hurlé:

— Roméo Jutras, tu es un imbécile à peine capable de faire vivre ta famille, qui compte sur la générosité des gens pour sortir de la misère. C'est pour te venir en aide que j'habitais ici. À partir d'aujourd'hui, trouve-toi une autre pensionnaire.

Mon père a dit:

— Bon débarras!

Mon oncle Joseph-Antoine est venu chercher ma tante Aurore. Ma mère est découragée de la voir partir.

Il paraît qu'un malheur n'arrive jamais tout seul. Ma mère dit souvent que ce qui est bon ne dure jamais très longtemps. C'est vrai, parce qu'en septembre je m'en vais pensionnaire. Ma mère m'a dit :

— J'ai écrit aux bons pères. Il y en a un qui va venir nous voir. Tu vas aller pensionnaire au séminaire séraphique.

— Où ça ?

— À Ottawa !

— C'est loin ?

— À trois cents milles d'ici. Tu y seras bien. En plus, tu vas connaître Ottawa, c'est la capitale du Canada.

Cette fois, c'est vrai, je n'y échapperai pas. J'aurais donc dû surveiller le facteur !

31

La fin des vacances

Il ne me reste plus qu'un seul jour de vacances. Je pars demain pour le séminaire séraphique. Monsieur Cliche le sait. Il a dit :

— Pour ta dernière journée de vacances, viens me rejoindre très tôt avec ton ami s'il peut venir. Nous allons donner une bonne leçon à quelqu'un qui en a bien besoin.

Sam est libre. Je vais pouvoir profiter, avant de partir, d'une autre journée avec lui et monsieur Cliche, mes deux seuls amis. Je suis content. Ça me fait oublier mon départ de demain.

Monsieur Cliche nous attend avec Marrant :

— Suivez-moi ! Nous allons nous occuper du bonhomme Martin, le braconnier de la place.

Je ne sais pas ce que c'est un braconnier. Monsieur Cliche explique :

— Un braconnier, c'est quelqu'un qui chasse en période défendue.

— Euh! Et le bonhomme Martin est un braconnier?

— Bien sûr! Je l'ai vu, pas plus tard qu'hier, descendre avec son fusil vers la rivière, pour aller chasser les canards. Ce n'est pas permis présentement.

Je ne connais pas le bonhomme Martin. Je l'ai vu de loin quelques fois. Il habite une vieille cabane pas loin de chez nous sur le bord de la rivière. Il a une longue barbe grise et des cheveux fous. Ça, c'est des cheveux pas peignés. J'ai peur du bonhomme Martin. Je change de trottoir pour ne pas le rencontrer.

Nous suivons monsieur Cliche au bord de la rivière, en bas de l'écore, en face de chez lui. Un écore, c'est un escarpement près d'une rivière.

Monsieur Cliche déclare:

— Il faut faire une bonne provision de cailloux.

Il nous en montre un qu'il vient de ramasser dans le sable.

— Vous voyez de quelle grosseur il est? Tâchez d'en trouver des semblables et le plus rond possible.

Au bout de cinq minutes, nous en avons une bonne douzaine chacun.

— C'est parfait, dit-il. Ça devrait suffire.

Je me demande à quoi serviront ces cailloux. Je n'ai pas à me tracasser longtemps. Il a un canif à la main.

— Je vais nous fabriquer des tire-roches.

Après avoir examiné les aunes du rivage, il finit par attraper une branche qu'il ramène vers nous.

— Vous allez la tenir, pendant que j'y coupe des fourches.

Avec son canif, il taille deux branches avec des fourches. Il en prépare une pour son tire-roches, puis une plus petite pour le mien et une autre pour celui de Sam. Nous le suivons chez lui. Il sort une vieille tripe de bicycle. Avec des ciseaux, il taille des lanières de caoutchouc dedans. Il passe le bout d'une lanière autour d'une des branches de sa fourche et pendant qu'il l'étire, je l'attache avec une ficelle. Il recommence ensuite avec l'autre lanière pour la fixer à la deuxième branche de la fourche. Au bout des lanières, il place un morceau de cuir que nous attachons pour mettre les cailloux. Il recommence la même chose pour mon tire-roches et celui de Sam. Après, il nous montre comment nous en servir :

— Tu places un caillou dans le morceau de cuir. Tu le retiens entre le pouce et l'index. Tu tiens la fourche d'une main, tu étires les lanières de caoutchouc de l'autre.

Il ajoute :

— Je vais vous faire une démonstration.

Le caillou qu'il lance va jusque de l'autre côté de la rivière. Il rappelle :

— C'est une arme dangereuse. Il ne faut pas s'en servir n'importe comment. Il faut regarder où l'on tire.

Sam me donne un coup de coude.

— Euh ! Il sait tout faire.

— Vous allez essayer à votre tour, dit monsieur Cliche.

Je prends mon tire-roches. Je mets un caillou dans le morceau de cuir. Monsieur Cliche m'aide à bien le tenir. Je tiens la fourche solide d'une main. J'étire les lanières avec le caillou dans le morceau de cuir. Je tire. Mon caillou tombe presque à mes pieds. Sam se met à rire comme un déchaîné. Sam tire à son tour. Son caillou ne va pas plus loin que le mien. C'est moi qui ris comme un fou.

Monsieur Cliche explique :

— C'est un bon commencement, le reste va venir avec de la pratique. Cependant, vous ne devrez utiliser votre tire-roches qu'en cas de besoin et jamais pour tuer des oiseaux.

— Est-ce que je pourrai tirer sur les rats musclés ?

— On ne dit pas rats musclés, mais rats musqués. Ça m'étonnerait que tu en voies. Il faudra plutôt t'exercer sur les rats d'égout. Allons voir si le bon-homme Martin est à la chasse.

Nous le suivons sur la 1re Avenue en direction du pont. Une fois là, il s'arrête un peu pour examiner les bords de la rivière. Il appelle ça les berges. Ensuite, il nous fait signe de venir près de lui :

— Vous avez de bons yeux. Vous allez découvrir où se trouve le bonhomme Martin. Regardez sur la rive.

Nous ne savons pas laquelle. Il reprend aussitôt :

— Regardez sur la rive opposée à la nôtre.

Nous avons beau nous forcer la vue à risquer de nous faire sortir les yeux par les oreilles, nous ne voyons pas le bonhomme Martin.

— Pensez en regardant. Le bonhomme Martin a un chien. Voyez-vous le chien ?

— Ah ! oui, le chien est là au bord de l'eau.

— Et le bonhomme est près de son chien. Regardez à travers les arbres derrière le dernier bosquet d'aunes.

On voit bien au milieu du feuillage une tache claire. C'est lui.

— Il va avoir la surprise de sa vie.

Nous suivons monsieur Cliche jusqu'à la falaise au-dessus de la rivière en face de là où le bonhomme se tient. Nous nous cachons derrière un tas de pierres et nous attendons.

Impatient, je demande :

— Qu'est-ce qu'on attend ?

— Il faut surveiller les canards. Si vous en voyez venir dans notre direction, d'un côté ou de l'autre de la rivière, vous me le dites tout de suite.

C'est long, attendre de même sans bouger. Tout d'un coup, trois canards passent au-dessus des arbres. Je dis :

— En v'là trois !

Craignez pas, monsieur Cliche les avait vus. Les canards tournent très vite un derrière l'autre. Ils s'arrêtent sur le rivage de l'autre côté de la rivière. Monsieur Cliche ne perd pas de temps. Avec son tire-roches, il envouèye un caillou qui fait lever les canards. Juste en même temps, on entend boum! boum! Le bonhomme Martin a tiré et les a manqués. Monsieur Cliche rit. Nous aussi, mais pas fort pour pas que le bonhomme Martin nous entende.

— Vous voyez! Mon caillou les a fait fuir juste à temps.

Nous attendons encore longtemps, longtemps. D'autres canards arrivent. Nous lançons des cailloux et ils partent. Ce n'est pas nos cailloux à Sam et à moi qui les font partir. C'est toujours ceux de monsieur Cliche.

De l'endroit où nous sommes, le bonhomme Martin ne peut pas nous voir, mais nous pouvons l'entendre et après ses coups de feu manqués, il sacre comme le menuisier Bouchard après s'être donné un coup de marteau sur le pouce.

Sam dit:

— Il va finir par se tanner.

Ça, c'est parce que Sam, lui, il est tanné.

Monsieur Cliche répond:

— C'est en plein ça. Il va se rendre compte que ça ne donne rien de braconner.

Nous avons faim. Monsieur Cliche l'a prévu. De son sac de toile qu'il appelle une musette, il sort du jus, du fromage, des œufs durs et du pain. Il nous en donne.

— C'est ce qu'on appelle un casse-croûte.

Un casse-croûte, ce n'est pas casser des croûtes sèches? Nous mangeons avec appétit.

Après le repas, Sam s'en va. Il est triste à cause de mon départ de demain. Je le sais rien qu'à son air. Je reste encore un bon bout de temps avec monsieur Cliche, mais il n'y a plus de canard. Je décide de partir à mon tour. Il me dit :

— Tu t'en vas demain, promets-moi de passer me voir avant le souper. J'ai quelque chose pour toi, en souvenir de ce bel été. Il ne sera pas dit que le bonhomme Calvase t'aura oublié.

Sur le chemin du retour, j'ai le cœur gros, mais la tête ailleurs. Sans faire attention, avec ma fronde, je lance des cailloux partout. Je sors de la lune quand j'entends un bruit de vitre cassée. C'est un de mes cailloux qui l'a brisée. Pour ne pas me faire prendre, je plonge dans l'herbe derrière une haie. Je fais un de ces sauts quand j'entends monsieur Cliche derrière moi :

— C'est inutile de te cacher. J'ai tout vu. Tu vas aller t'excuser en t'engageant à réparer le mal que tu as fait. Quand on est honnête, c'est comme ça qu'on se conduit.

J'ai honte comme jamais.

— Qu'est-ce que je vais dire ?

— Simplement que c'est toi qui, par mégarde, a cassé la vitre et que tu vas en payer une autre.

— Comment ?

— Tu as bien quelques sous dans ta tirelire ?

— Oui, mais c'est pour m'acheter des crayons de couleur.

— Tu les utiliseras pour un carreau neuf. Ça t'apprendra.

Quand monsieur Cliche sonne à la porte du notaire, je ne suis pas gros dans mes souliers. Le notaire vient répondre. Il est de bonne humeur. Il n'a certainement pas entendu le bruit de la vitre cassée. C'est un homme aussi sec que les vieux papiers qu'il écrit. Ses doigts me semblent très, très grands. Je ne voudrais pas recevoir une claque de lui.

— Quel bon vent vous amène?

Monsieur Cliche parle pour moi:

— Ce jeune homme a des excuses à vous faire.

— Vraiment?

— Oui. Étienne, dis à monsieur le notaire pourquoi nous sommes ici.

— Je m'excuse pour la vitre cassée.

— Quelle vitre?

— Celle de votre grenier.

— Tu as cassé une vitre de mon grenier?

— Avec un caillou.

Il ne se fâche pas. Il dit:

— Allons au grenier constater les dégâts.

Il grimpe les marches deux par deux. Rendu en haut, il pousse une porte. C'est une vraie caverne d'Ali Baba. Il y a tout dans son grenier. Je vois d'abord un ber, ensuite un divan, des robes, des manteaux, des chapeaux avec aussi des centaines de livres. La fenêtre brisée est en arrière. Je suis le notaire et monsieur Cliche. Je m'enfarge dans un cheval de bois. Je tombe et en même temps je fais dégringoler une pile de livres. Ça fait remonter vers le plafond un nuage de poussière. Sans se fâcher, le notaire commente:

— Jeune homme, tu es la gaucherie même!

Je suis à plat ventre au milieu des livres. J'essaye de mon mieux de tout remettre en place. Il y en a un qui a une couverture rouge. Il m'intéresse. Je lis le titre: *Robinson Crusoë*. C'est bien pour dire! Le notaire m'aide à me relever.

Il demande:

— As-tu déjà lu ce livre?

— Non! Mais Lucia me l'a lu. Il y a Vendredi dedans.

— Comment penses-tu réparer ta bêtise?

— En achetant une nouvelle vitre.

— Qui va la poser?

— Je le ferai pour lui, dit monsieur Cliche.

— Très bien, conclut le notaire. Dans ce cas, nous allons en mesurer les dimensions.

Il sort du grenier et revient presque aussitôt avec une règle, une plume et un bout de papier. Il mesure la grandeur de la vitre à remplacer. Il l'écrit sur le papier. Je pars avec monsieur Cliche. Nous en trouvons une au magasin général.

— Pour la vitre et le mastic, me dit monsieur Cliche, tu devras débourser vingt-cinq sous. Compte-toi chanceux que ce ne soit qu'un petit carreau. Maintenant, allons réparer le tout.

Je vais avec lui au grenier du notaire. Ça ne prend pas de temps que la vitre est remplacée. Heureusement que j'ai monsieur Cliche ! Quand nous partons, le notaire, qui a bon cœur, me dit :

— Pour ton honnêteté, jeune homme, tu mérites une récompense.

Il me donne le *Robinson Crusoë*. Je suis assez content que ça ne se peut pas !

Je suis monsieur Cliche jusque chez lui. Il me remet un gros paquet. Il me demande de ne l'ouvrir qu'une fois rendu chez moi. Je suis triste de le quitter, lui et son chien Marrant qui, encore une fois, est tellement content de me voir.

— Je ne serai pas là demain pour ton départ, dit monsieur Cliche, mais promets-moi de bien étudier et quand ça sera plus difficile, pense à ton vieux monsieur Cliche et tu trouveras le courage de continuer.

Il me serre dans ses bras. J'ai tellement de mottons dans la gorge que je pars sans pouvoir lui dire au revoir.

Arrivé à la maison, je me dépêche d'ouvrir son cadeau. Ce n'est pas croyable ce qu'il a fait pour moi ! C'est un magnifique coffret pour ma collection d'œufs d'oiseaux.

32

L'exil

Le lendemain vient beaucoup trop vite. Je crois que j'ai plus de peine de quitter Sam et monsieur Cliche que ma mère. Mon père n'est pas là. Je vais le retrouver à Québec. Sam m'a dit qu'il viendrait. Il est là, mais il n'est pas capable de rester jusqu'à mon départ. Je le vois qui me tourne le dos en levant la main en signe d'adieu. Il disparaît par la ruelle entre deux maisons. Ça me prend tout mon petit change pour ne pas pleurer. Je sais que lui, il pleure derrière les maisons. Quand le taxi de monsieur Raoul arrive, ma mère me serre dans ses bras. J'embarque vite dans le taxi sans me retourner pour pas que ma mère me voie pleurer. Le chauffeur met ma grosse valise en arrière de la voiture. Une femme monte en avant. Un homme, gros comme un éléphant et qui sent mauvais en plus, est déjà assis à côté de moi. Sa valise est là sur le banc entre nous deux. Le taxi part. Je vois ma mère embrouillée. Elle est restée sur le trottoir et m'envouèye la main. Je reste le nez collé à la fenêtre et je pleure un bon coup. Quand, enfin, je n'ai plus de larmes, je regarde le paysage.

Entre les clôtures, les champs se sauvent les uns après les autres. Les poteaux de téléphone font une procession comme des enfants de chœur. Les maisons ont l'air de bonne humeur au soleil. La rivière s'étend comme une couleuvre. Nous nous arrêtons dans chaque village pour prendre un paquet ou en laisser un. Je regarde les pigeons perchés sur les toits. Il me semble que je les entends roucouler de plaisir pendant que j'ai le cœur en compote. J'essaye de me distraire, mais j'ai Saint-Georges dans la tête, avec Sam, monsieur Cliche, Marrant et ma mère. J'essaye de ne pas penser. Tout ce que je sais, c'est que ce taxi m'éloigne de tout ce que j'aime et de tous ceux que j'aime le plus. J'en veux à la vie d'être de même. Qu'est-ce qui m'attend là-bas? Je me sens abandonné comme un orphelin seul au monde. Tout ce que je vois, tout ce que j'entends, tout ce que je sens est tellement nouveau que je ne le crois pas. Tout près de moi, le gros monsieur ronfle vraiment comme un éléphant.

Arrivé à Québec, il faut que je prenne le train. Le taxi me laisse à la gare du Palais. Je me sens complètement perdu parmi tout le monde qui passe d'un bord à l'autre. Le chauffeur a mis devant moi la grosse valise qui contient tous mes effets, mes vêtements et jusqu'à mon manteau d'hiver, mes mitaines, ma tuque, mon foulard et mes bottes. Ma mère m'a dit:

— Ne sois pas inquiet, à Québec, ton père va t'attendre à l'arrivée du taxi à la gare de train.

Il n'y est pas. C'est vrai qu'il est toujours en retard. Au moment où je commence à paniquer et que j'ai envie de pleurer comme un veau, il arrive. Quand il me voit, il pousse un soupir de soulagement. Il m'emmène vers un guichet où il achète mon billet de train pour Ottawa. Il voit un porteur. Il lui donne ma valise. Un porteur, c'est quelqu'un qui porte les valises. Nous avons deux heures avant le départ du train. Je n'ai rien à dire. Je lui en veux de n'avoir rien fait pour m'empêcher d'aller pensionnaire. Au restaurant de la gare, il m'offre des frites, de la crème glacée. Je n'ai pas faim. Je ne veux rien savoir. J'ai la tête à Saint-Georges où, avec Sam et monsieur Cliche, nous cherchons des nids.

Quand je monte dans le train, je suis inquiet. Mon père m'explique qu'il me faudra changer de train à Montréal. Je devrai passer d'une gare à l'autre. J'ai peur de me perdre. Il dit :

— Voyons, tu es un homme à présent. Tu sauras bien te débrouiller. Quant à ta valise, tu n'as pas à t'en inquiéter, tu la retrouveras rendu à Ottawa.

Comme le vieux cheval du laitier, le train est habitué de partir toujours à la même heure. C'est ce qu'il fait. Mon père est venu avec moi jusque dans le train. Il est descendu avant qu'il parte. Je l'ai vu s'en aller, pas le train, mais mon père. De nouveau le nez collé à la fenêtre, comme la première fois à Baie-Saint-Paul, j'essaye de ne pas pleurer. Le paysage me passe sous le nez. Il y a des clôtures, des champs, des bosquets, des ruisseaux, des forêts. Ça ne finit plus. Entre les clôtures, j'imagine que chaque champ est comme une page d'un livre d'images avec des histoires le fun et d'autres pas le fun. Les pages tournent quand le train passe.

C'est ça qui me revient dans la tête. Pareil comme avant, pour que personne s'aperçoive que je pleure, je garde le nez collé à la vitre. C'est le deuxième train que je prends depuis que je suis en vie. Encore là, il m'emmène loin de ceux que j'aime et là c'est dans un séminaire où je ne connais personne. Ma mère a fait venir chez nous un moine avec une grande barbe noire. Il m'a béni. Il a dit à ma mère :

— Votre petit Étienne, malgré son jeune âge, montre toutes les dispositions nécessaires pour devenir séraphique. Il a la vocation.

Je ne sais pas ce que c'est la vocation, mais j'aimerais mieux ne pas l'avoir pantoute. C'est à cause de ça qu'à présent, je regarde les champs tourner des pages comme des souvenirs. Il y a un village avec une rivière et une église devant moi. Ça me rappelle Saint-Georges. Il doit y avoir un magasin général comme chez monsieur Léo. Puis, une autre page se tourne dans ma tête. Monsieur Léo est remplacé par tout ce qui m'entoure. Le train est arrêté dans une petite gare pour faire monter du monde. Il n'y en a pas beaucoup.

C'est un petit village comme il y en a partout. Je me demande où tous les passagers peuvent aller. Pourquoi ils prennent le train aujourd'hui ? Je ne sais pas si c'est pour être plus heureux ou moins malheureux. Le grand monsieur avec une valise rouge, qui ressemble à un raisin sec, s'en va peut-être dans un pensionnat. Il doit aller voir l'enfant que sa madame, ronde comme un tambour, a reçu avec lui des sauvages. C'est des affaires de même qui me trottent dans la tête. Je ne suis pas capable de les arrêter.

Parmi les nouveaux dans le train, j'aperçois un curé. Il est aussi gros que celui de Saint-Georges. Tout de suite, j'ai des souvenirs. Je vois la ménagère avec son derrière large comme un devant d'autobus en face du presbytère. Ça fait longtemps. Je ris tout seul. Pendant ce temps-là, le train s'en va vers ma nouvelle vie. Il grignote son chemin comme un écureuil. Ça, c'est une belle expression : grignoter son chemin. Je vais écrire au frère Nicéphore pour la lui envoyer. La locomotive crache de temps en temps sa fumée noire au-dessus des champs. Ça aussi, c'est beau : cracher sa fumée.

J'ai la tête loin d'ici, dans les rues de Saint-Georges. Ça tourne autour de l'église, parce que avec une mère comme la mienne, je ne suis jamais très loin de l'église et de tout ce qui va avec. Il ne faut pas faire de peine au petit Jésus. Tout ce qui nous arrive dépend de lui. C'est grâce à lui si nous avons du pain sur la table. Il est là chaque fois que nous prions. Tout ce que nous faisons, son œil le voit. Coudonc ! Est-ce qu'il a rien qu'un œil? Si nous sommes vivants, si nous avons de bons maîtres d'école, si nous marchons dans le chemin qui mène droit au ciel, c'est à cause de lui. C'est de même! C'est bien pour dire!

Sur le banc à côté, il y a un enfant qui ne cesse pas de pleurnicher. Pleurnicher, ça veut dire pleurer juste un petit peu mais tout le temps. C'est énervant. Monsieur Cliche dirait: «Il donne du fil à retordre à sa mère.»

Du fil à retordre, c'est du fil difficile à utiliser.

Lui, il n'ira pas au ciel s'il continue à pleurnicher de même. Sa mère lui dit:

— Tu es trop malcommode, tu n'auras pas de gâteau d'anniversaire.

Ça, c'est un souvenir de plus loin, à Baie-Saint-Paul. C'est Lucia qui m'avait fait un gâteau vert et brun. J'ai mangé tout le crémage.

Le train continue: tchou! tchou! tchou! J'ai encore envie de pleurer. Je suis tout seul, tout seul. Ma mère, mon père, Sam et monsieur Cliche sont loin en cimetière! Qu'est-ce que j'ai fait pour mériter ça? J'ai comme les bras coupés. Va falloir que je recommence encore à zéro. Le pire, c'est que ça ne me tente pas pantoute.

La mère et son fils se chicanent toujours. Je pense qu'elle parle de moi, parce que la mère dit:

— Tu devrais faire comme lui, il s'intéresse au paysage. Regarde dehors, ça te changera les idées.

Elle ne voit pas que j'ai les yeux pleins d'eau, mais elle a raison quand même. À force de regarder dehors les clôtures et les champs, je pense que je suis encore à Saint-Georges. Sur une pancarte au milieu d'un champ, c'est marqué : ferme Morin. Tiens ! Il y a des Morin ici aussi. Il me semble que je vois monsieur Morin avec sa charrette de foin, madame Morin avec son grand chapeau de paille, et surtout toute la trâlée de Morin. Je pense que c'est un Morin qui est venu derrière moi quand monsieur Bédard nous a photographiés. Comme s'il faisait partie de la famille.

À travers les vitres du wagon, il y a des champs de différentes couleurs. Ça me fait penser à des grandes pièces de linge pour faire une courtepointe. Là, ça doit être des géantes. Pour que tous les morceaux tiennent ensemble, on a mis des clôtures. Il y a des champs jaunes, des vert pâle, des vert-vert, des bruns, des rouille. Ça me rappelle quelque chose, mais quoi ?

Tiens ! Le train ralentit. Nous sommes au bord du fleuve. Je le vois de temps en temps entre les arbres. Il doit y avoir une traverse à niveau pas loin. Plusieurs voitures arrêtées attendent que notre train soit passé. J'entends le sifflet de la locomotive : hou ! hou ! Je vois alors au-dessus d'une maison des canards en vol. Ça me fait sourire. Il me semble que tout ce à quoi je pense s'est passé il y a longtemps, longtemps. Pourtant, pas plus tard qu'hier, je guettais les canards avec Sam et monsieur Cliche. Rien qu'à y penser, tout d'un coup, comme dirait mon père, les écluses s'ouvrent. Une chance que dans un train, nous pouvons regarder par les fenêtres, de même personne sait que nous pleurons.

Le train ralentit encore. Depuis tantôt, il y a beaucoup plus de maisons. Pour moi, nous arrivons à Montréal. Il ne faut pas que je m'occupe de ma valise, comme mon père l'a dit. Je vais la retrouver au séminaire. Je suis pas mal inquiet. Il faut que je change de gare. De la Gare centrale à la gare Windsor que mon père a dit, ou le contraire, je ne sais plus trop. Notre train s'arrête.

Tout le monde sort à la course comme s'ils avaient le feu au cul. Ma mère dirait que ce n'est pas beau de dire cul, il faut dire derrière. Ils auraient pareil le feu à la même place. Ce n'est pas loin, d'une gare à l'autre. Mon père a dit de ne pas perdre de temps quand même pour ne pas manquer l'autre train. Où elle est, cette fameuse gare? Je demande à un jeune cireur de chaussures:

— Où est l'autre gare?

Il est gentil. Il me dit comment sortir de celle où je suis.

— Là, il y a un parc. La gare est de l'autre côté.

J'ai faim. J'ai mon sac de papier où ma mère a mis des fruits. C'est comme si j'étais parti de chez moi depuis une éternité. *Amen.*

D'un train, je m'en vais dans l'autre. Ça va être un peu moins long de Montréal à Ottawa. Mon père me l'a dit. Je m'assis ou je m'assois encore près d'une fenêtre. C'est mieux de même, si j'ai envie de pleurer. Mais là, j'ai envie de pisser. Il doit y avoir des closettes dans le train. Il y en a parce que je les ai trouvées. C'est bien fait! On peut faire pipi, youps! nous pouvons faire pipi même quand le train marche. Je suis revenu à mon banc. J'en profite pour manger les fruits que ma mère a mis dans mon sac. Il y a aussi une barre de chocolat. Je ne sais pas pourquoi. Ça, c'est trop! La barre de chocolat me fait pleurer. Heureusement, je suis presque tout seul dans le wagon. J'ai le temps de me reprendre. Le train est parti de Montréal. Il y a encore des souvenirs à la traîne dans ma tête.

Je me suis endormi sans m'en apercevoir. C'est un miaulement qui m'a réveillé. Il vient d'un petit chat noir et blanc qu'une jeune fille essaye d'attraper. Je l'aide et le chat finit par se laisser prendre. Quand je le lui remets, la jeune fille a des yeux comme des braises. Je souris. Je pense au poème pour Sam. La jeune fille me fait un sourire pour me remercier. C'est la récompense de ma bonne action. Ce chat noir et blanc me rappelle celui de Sam, le lendemain de notre arrivée à Saint-Georges. Près de trois années ont passé depuis ce temps-là. Je me dis que je pourrais écrire à Sam, mais j'aime mieux attendre d'être rendu au séminaire.

Un cri dans le train me fait faire un saut. Nous arrêtons dans une petite gare. Il y a du monde qui monte. Une vieille femme avec le visage tout fripé s'avance en poussant devant elle une petite fille. Elle ne cesse pas de répéter : « J'ai envie ! J'ai envie ! » Pas la vieille madame, mais la petite fille. Je pense tout de suite à ma visite chez grand-mère et aussi à la fois des fesses de Cécile. Je n'aurai jamais la paix tant que je ne me confesserai pas.

La vieille femme du train vient s'asseoir avec la petite fille sur le banc devant celui où je suis. À tout bout de champ, je vois par-dessus le dossier du siège le visage rouge de la petite fille. Elle me fait des grimaces puis se cache très vite derrière le banc. Me semble que j'ai déjà vu des grimaces de même. Mais je ne m'en occupe pas parce que je ne fais que penser au séminaire séraphique où je m'en vais. Qu'est-ce qu'un séraphique ? Je ne pourrai même pas quitter cet endroit avant le temps des fêtes. Le temps des fêtes ! Mais à qui ressemble cette petite fille qui recommence ses grimaces ? Bien oui ! Je l'ai ! À Marie-Antoinette Veilleux, la fois de la cabane à sucre.

Pendant ce temps-là, le train se dirige vers Ottawa. Dans l'allée, je vois un homme qui paraît chercher quelqu'un. Je ne sais pas pourquoi, mais je pense : « Il a une face de mi-carême. » Je revois le Satan qui m'a fait faire le tour de la patinoire dans ses bras en criant : « La voilà, l'âme que je cherchais. » Tout de suite arrive dans ma tête l'image de l'ange avec son horloge : toujours, jamais… La peur de l'enfer m'étouffe à plein.

Plus ce train m'éloigne de ceux que j'aime, plus je pense que je n'entendrai plus parler d'eux autres. Je me sens encore plus comme un orphelin. Le paysage est le seul endroit où je me sens bien parce qu'il y a des ruisseaux près des bois avec des champs comme à Saint-Georges. Ici aussi, il y a des érables. Tiens ! J'aperçois justement une cabane à sucre. Je revois Sam avec les mains pleines de suie.

Puis, notre train se met à suivre une rivière. Ensuite, on voit des chalets tassés comme des sardines au bord de ce qui doit être le seul lac du coin. À un endroit, il y a de l'eau jusque tout près des maisons. Je me dis : « Elles ont les pieds dans l'eau. » Me revoilà à Saint-Georges avec la débâcle, au magasin de monsieur Quirion, l'image de la Vierge Marie sur la colonne. Celle-là, elle était bonne ! Cré Sam ! Ça prenait juste lui pour penser à ça, la mettre par terre !

Saint-Georges est bien loin astheure, youps ! maintenant. Le paysage fait des images comme dans un film, mais beaucoup plus vite. Pour moi, nous approchons. Près de la grande rivière que nous suivons, il y a du bois de pulpe, ça veut dire qu'il doit y avoir aussi des draveurs. Tiens ! Un cerf-volant accroché dans un arbre. C'est comme si ça faisait exprès pour me rappeler Saint-Georges. Il y a un village avec des maisons autour de l'église. Des clochers, j'en vois partout.

Chaque fois que j'en vois un, il me semble que ma tête se met à tourner et que j'entends encore ding! dong! comme quand Marcel Lafrance m'avait embarré dans le clocher de notre église. Il ne faut pas que j'y pense trop, parce que ça me fait encore trembler.

La vitesse du train n'est plus pareille. La gare est certainement proche. Il y a de la fumée de la locomotive qui passe devant la fenêtre. Les maisons s'en vont plus lentement. Dans les wagons, les gens se lèvent. Il y en a qui se tiennent déjà près de la porte. Le train s'arrête parce que les roues grincent. Nous voilà à la gare d'Ottawa. Je ne comprends plus ce que les gens disent. Pour moi, ils parlent juste anglais. Un garçon de mon âge vient de me rejoindre. Il me demande :

— Tu ne t'en irais pas par hasard au séminaire séraphique ?

— C'est en plein là que je vais.

— J'y vais moi aussi.

Il me tend la main. Il se nomme :

— Gilbert Blondeau. Je viens des Saules près de Québec, et toi ?

— Étienne Jutras ! Je viens de Saint-Georges-de-Beauce.

— C'est curieux, tu étais dans le même train que moi et nous ne nous sommes pas vus.

Déjà, je me sens moins seul. Il continue :

— Je suis heureux de te connaître.

Il ajoute avec le sourire :

— Je vais avoir l'occasion de te voir souvent.

— Quand nous serons célèbres, nous pourrons dire que nous avons fait connaissance à la gare.

Il rit. Je ne le sais pas encore, mais au séminaire, il va devenir mon meilleur ami.

J'ai bien de la misère à m'habituer à être pensionnaire. C'est comme si j'étais en prison. La nourriture est pas, youps ! n'est pas bien bonne. C'est toutes sortes de gibelottes pas mangeables. Le matin, au déjeuner, nous avalons de travers quelque chose qui ressemble à du gruau. Les autres appellent ça de la soupane. Des fois aussi, c'est des lentilles à la place des bines. Il y a des petits cailloux avec les lentilles. Quand quelqu'un en attrape un, il le lance à la tête d'un autre qu'il n'aime pas.

Saint-Georges me manque comme ce n'est pas croyable. Mais il y a une affaire que j'ai faite le premier matin à la messe. Il y avait cinq confessionnaux allumés. Je me suis dit : « Étienne, fais un homme de toi. Ne sois pas si peureux, tu vas lui parler des fesses de Cécile, puis tu vas avoir la paix une fois pour toutes. » Je suis entré dans le premier du bord. J'ai dit au prêtre, comme ça, de bout en blanc ou de but en blanc, je ne sais pas trop :

— J'ai vu les fesses de Cécile, ça fait bien longtemps.

Il a demandé :

— C'est la première fois que tu t'en confesses ?

J'ai répondu :

— Oui !

Il a été pas mal fin parce qu'il a dit :

— Si tu veux, nous allons effacer aussi tous les péchés que tu n'as pas confessés.

Il a fait un signe de croix. C'est comme s'il avait pris une grande brosse pour effacer le tableau. Ça veut dire que les sacrilèges aussi sont effacés. J'avais une tonne de plomb de moins sur le dos. En sortant, j'ai fait la grimace au diable. Je lui ai dit :

— Tu ne m'auras pas, tu ne pourras plus rire dans ta barbe. Va-t'en tout seul en enfer.

Mais je suis donc bien nono ! Le diable ne rit jamais dans sa barbe parce qu'il n'en a pas, elle brûle dans le feu de l'enfer pour l'éternité. Si je vois encore des fesses, je vais le dire tout de suite à la confesse. Tiens ! Ce n'est pas croyable, fesses rime avec confesse !

Savez-vous ce que c'est un métronome ? Je l'ai appris. C'est un instrument qui marque le temps régulièrement. Ma mère est aussi régulière qu'un métronome pour me faire parvenir des nouvelles tous les quinze jours. Elle n'a pas beaucoup d'autres choses à raconter que les cérémonies religieuses et les visites de ses amies. Quand elle en a, elle me donne des nouvelles de Sam. Chaque fois, j'ai envie de pleurer. On appelle ça s'ennuyer. Je mets deux ou trois jours pour aller mieux.

Je ne sais pas pourquoi, le mois d'octobre est passé sans que ma mère me donne des nouvelles de Sam et encore moins de monsieur Cliche. J'ai beau leur écrire, ils ne répondent pas. Ce n'est pas eux autres qui sont pensionnaires. S'ils l'étaient, ils répondraient, c'est sûr.

Nous voilà en novembre avec la Toussaint et la fête des Morts. Je me demande bien comment on peut fêter les morts. Ils ne s'en aperçoivent pas, c'est certain. Au milieu du mois, je reçois enfin un colis de ma mère. C'est un petit paquet carré comme un cube, bien enveloppé. Vous imaginez bien que quand je reçois une lettre ou un paquet, la première chose que je fais c'est de l'ouvrir. Vous ne devinerez jamais ce qu'il y a dans le paquet que je viens de recevoir. Ça, c'est le plus beau cadeau du monde, le pinson à couronne rousse que Sam et moi avons fait empailler par monsieur Cliche. Sam m'avait dit qu'il me le prêterait et voilà que c'est fait. Le pinson est là devant moi, comme un souvenir empaillé. Juste à penser que Sam ne m'a pas oublié, ça me vire à l'envers. Il y a aussi une lettre de ma mère. Je n'ai pas le temps de la lire tout de suite, parce que la cloche de l'étude vient de sonner. Après, c'est la prière du soir à la chapelle, puis nous montons au dortoir. Je me dépêche de me laver. Je me couche avant que les lumières se ferment. Je commence à lire la lettre et tout de suite, je comprends que ça ne se peut pas.

Étienne chéri !

J'ai mis bien du temps à me décider à t'écrire ces lignes. Je me suis demandé si ce n'était pas mieux que tu apprennes cette triste nouvelle seulement quand tu viendrais parmi nous au temps des fêtes. Monsieur le curé m'a dit qu'il valait mieux que je te l'annonce tout de suite. Ton ami Samuel nous a quittés pour un monde meilleur.

Mes yeux se sont embrouillés. J'ai arrêté de lire dret là. Je ne voulais pas connaître la suite. Comme un boxeur qui vient de recevoir un direct au menton, j'étais K.O. Le cœur me débattait tellement que c'était effrayant. Je me suis mis à trembler et trembler encore, sans pouvoir m'arrêter. J'ai mis ma tête dans mon oreiller pour pleurer et crier. Par chance, les lumières se sont éteintes. Je n'ai pas dormi de la nuit. Je ne me suis pas levé pour la messe du matin. Je suis malade comme jamais. Je suis à l'infirmerie. Il a fallu au moins deux jours avant que je me décide à terminer de lire la lettre. Je l'ai mouillée avec mes larmes. La suite, je la connais maintenant par cœur.

Il y a un mois, alors que Sam revenait d'une livraison pour la pharmacie de son père, il a été frappé par une voiture. Si ça peut te consoler, le docteur Dufour dit qu'il n'a pas souffert. Il est mort sur le coup. Au moment où je t'écris, ses parents ont quitté Saint-Georges. La

pharmacie est fermée. Avant de partir, ils m'ont remis
pour toi l'oiseau que vous aviez fait empailler. Ce sera,
m'ont-ils dit, un beau souvenir de notre pauvre Samuel
pour votre fils Étienne.

Je sais que cette nouvelle va beaucoup t'attrister,
mais comme ton père m'a dit, tu es un homme à présent,
tu sauras surmonter ton chagrin. Si tu as trop de peine,
parles-en aux bons pères qui t'enseignent, ils sauront te
consoler. Tâche de te faire des amis parmi tes compa-
gnons de pensionnat, ils prendront dans ta vie la place
de ton ami Samuel. Bon courage, mon garçon, nous
sommes de tout cœur avec toi dans cette épreuve.

Ta mère et ton père qui pensent à toi et t'aiment.

Je veux que personne ne connaisse ma peine. C'est
une affaire entre Sam et moi. C'est seulement le soir
dans mon lit que je pleure plein mon oreiller. Le pinson est resté dans sa boîte. Je l'ai serré au fond du bahut
au pied de mon lit. Je ne veux pas le voir. Il me rappelle
trop de beaux souvenirs. J'aime mieux pleurer quand
ça me tente et ça me tente presque tout le temps. J'en
veux au monde entier.

Ça ne se peut pas que Sam soit mort. Ce n'est pas lui
qui a eu un accident. Je vais le revoir quand j'arriverai
à Saint-Georges. D'ailleurs, une lettre de ma mère ou
de monsieur le curé, peut-être même de monsieur
Cliche, va certainement arriver dans les prochains
jours pour dire qu'ils se sont trompés. Samuel sera le

premier à en rire. Il roulera ses grands yeux et dira : « C'est pas possible, tu le vois bien ! Je suis là. » Nous rirons ensemble et recommencerons à courir à travers la ville avec Marrant.

33

Le retour

Voilà enfin les vacances de Noël. Dans le train pour Québec, je pense à Sam. Il va sûrement m'attendre à Saint-Georges avec un grand sourire et me dire : « Euh ! Salut ! Il y a quelque chose qu'il faut que je te montre. » Monsieur Raoul est à la gare du Palais avec son taxi. Je ne lui parle pas de Sam. Tout d'un coup que c'est vrai et qu'il est mort. Je pense que j'ai dormi un peu dans le taxi entre Québec et Saint-Georges. Ç'a été moins long qu'à l'aller. Ça me fait drôle de revoir Saint-Georges. Il neige à plein ciel, des gros flocons de ouate comme on en veut, youps ! comme nous en voulons pour Noël. J'ai beau ouvrir de grands yeux pour regarder tout le long de la 1re Avenue, Sam n'y est pas. Seule ma mère m'attend avec un triste sourire et tout l'amour qu'elle ne sait pas comment me donner. La pharmacie est bel et bien fermée. Il y a du papier journal dans les vitrines. Sam est vraiment mort. Cette fois, je pleure comme un veau. Je sais maintenant que les histoires vraies sont souvent beaucoup plus tristes que celles que nous lisons dans les livres.

Je suis tout de même soulagé de retrouver ma chambre. Elle est restée pareille que quand je l'ai laissée avec toutes mes choses. J'ai l'impression qu'elles me saluent, heureuses de mon retour. Tout ce que j'ai oublié depuis trois mois me revient comme des amis perdus. Je reste longtemps à contempler ma collection d'œufs dans le magnifique coffret que m'a offert monsieur Cliche juste avant que je parte. Mon guide des oiseaux que je n'ai pas pu apporter au séminaire est là. Je le regarde longtemps parce que je m'arrête à beaucoup d'images d'oiseaux et je revois ceux que j'ai vus avec Sam. Je sais que jamais plus je ne revivrai pareil bonheur. Sam ne sera plus jamais là à courir, à sauter, à tourner en rond, à rouler de grands yeux sur tout ce sur quoi il avait de la difficulté. Je le revois sur le pont, la première fois que je l'ai rencontré, tirer des pierres aux carpes. Aussi au terrain de jeu quand il m'a montré à nager comme les Indiens. Il y a le poème que j'ai eu tant de misère à composer. Non, plus rien ne sera pareil. Il n'y aura plus de galette des Rois, plus de cabane à sucre, plus de suie dans le visage, plus de courses aux nids, plus de cerf-volant. La pharmacie est fermée. Les parents de Sam sont partis. Saint-Georges me semble vide.

Heureusement, il me reste encore monsieur Cliche et son chien Marrant. J'ai grand-hâte de les revoir. Nous sommes la veille de Noël. J'ai dessiné pour lui une carte de Noël remplie d'oiseaux et de bons vœux. Je cours la lui remettre.

Sa cabane est toujours là, figée sur ses échasses dans la glace de la rivière. Des échasses, c'est des grandes baguettes comme pour marcher plus haut. Un filet de fumée, comme un signal de bienvenue, sort du tuyau du poêle dans l'air glacé. J'appelle. C'est bien pour dire ! Marrant reconnaît ma voix. Je l'entends qui se plaint pour sortir. Monsieur Cliche met du temps à répondre. Quand enfin il pousse la porte, j'ai de la misère à le reconnaître. Il est si pâle que c'en est effrayant. Il sourit, mais il est certainement très malade. Je suis tellement heureux de le retrouver ! Ma visite lui fait beaucoup plaisir. Il m'apprend qu'il a été gravement malade. Il ne m'a pas oublié. Il est surtout très peiné à cause de mon ami Sam. Il me dit :

— Quand c'est arrivé, son accident, ça faisait à peine deux jours qu'il était venu me voir avec un oiseau à empailler dont il voulait te faire cadeau. Cet oiseau le voici, c'est un geai bleu.

Là, je n'ai plus de parole. Je me retourne pour pleurer. Ça, c'est du Sam tout craché. Quand je reviens les yeux secs, j'offre ma carte à monsieur Cliche avec une bonbonnière de chocolats. Ce n'est pas grand-chose si je compare à ce qu'il a préparé pour moi, un album de ses plus beaux dessins d'oiseaux. C'est vraiment un ami avec un cœur grand comme tout. Je m'inquiète de le voir si pâle. Il me rassure. Il s'informe de ma vie de pensionnaire. Il trouve que j'ai beaucoup grandi. Il me nomme tous les oiseaux qu'il a vus depuis que je suis parti. Nous jasons longtemps. Le poêle à bois chauffe. Nous sommes bien. Marrant dort, couché sur mes pieds. Monsieur Cliche dit :

— Je suis un peu fatigué, tu reviendras demain ou après-demain.

Je promets de revenir le voir tout de suite après Noël, avant le jour de l'An en tous les cas. Je lui souhaite le plus beau des Noëls.

Quand, quelques jours avant le jour de l'An, je suis retourné chez lui, aucune fumée ne sortait du tuyau du poêle. J'ai grimpé vite à l'échelle. J'ai eu beau frapper à la porte, seul Marrant m'a répondu par une plainte. La porte n'était pas barrée. Le poêle était éteint. Monsieur Cliche était étendu sur son lit, le visage pâle comme son drap. Je me suis approché. Je lui ai touché la main. Elle était glacée. Il ne respirait plus. Je ne sais plus trop ce que j'ai fait ensuite. Je ne sais pas qui j'ai averti en premier, monsieur le curé, les ambulanciers, le médecin ou la police. Il était mort depuis quelques jours déjà, peut-être même le lendemain de ma visite. Il ne me reste que des morceaux de ce qui s'est passé ensuite.

Au jour de l'An, un homme est venu demander à ma mère si je voulais garder Marrant. Elle a répondu :

— Notre fils est pensionnaire en dehors de Saint-Georges.

— Quelqu'un m'a dit de le lui offrir. Pourriez-vous le garder pour lui ?

Ma mère n'a pas voulu. L'homme a ajouté :

— Dans ce cas, c'est moi qui vais en hériter.

Le service a eu lieu le lendemain. Au salon mortuaire, il n'y avait pratiquement personne, à part une petite-cousine de monsieur Cliche qui avait un coup dans le nez. Elle ne m'a pas lâché une minute.

— C'est toi qui étais ami avec ? Connaissais-tu ses cachettes ? Crois-tu qu'il avait des sous quelque part ?

— Je n'en sais rien.

— Mais force-toi un peu, il a dû te dire quelque chose qui pourrait nous mettre sur la piste.

Je n'avais qu'une envie, celle de l'envoyer voir si j'étais ailleurs. J'avais de la peine. Une seule chose m'inquiétait. Comme il était le fossoyeur, il n'y aurait personne pour creuser sa fosse. La cousine m'a dit :

— Arrête de te casser la tête pour ça, barnaque ! Le vieux Calvase, ils vont le mettre au charnier jusqu'au printemps. Pourvu qu'il ne lui arrive pas la même chose qu'à sa femme. Ça, c'en était une bonne !

— Il a été marié ?

— Mais voui, mais voui, mon cher, qu'il a été marié. Il te l'a pas dit, le vieux sacripant. C'est même à cause d'elle qu'il est devenu fossoyeur.

— À cause de sa femme ?

— Ah ! Tu le savais pas. Il s'en est pas vanté, le vieux Calvase. C'est une drôle d'histoire en barnaque ! Avant, il était professeur à l'école des garçons. Sa femme crève en plein hiver. Ils mettent le corps au charnier. Un matin de février, y passe par là pour se rendre à l'école. V'là-t-y pas, barnaque, qu'il trouve sa femme toute nue, plantée comme un piquet dans l'banc de neige. Il s'en est pas remis. Y'a décidé, avec sa tête de cochon, d'creuser les tombes pour que ça arrive jamais plus à parsonne. C'est pour ça qu'il creusait même l'hiver comme un désâmé. Mande-toé pas de quoi il a crevé, barnaque ! Une bonne pleurésie ou queuque chose de même.

Un coup de poing en pleine face ne m'aurait pas assommé autant que ce que je venais d'entendre. Ça ne se pouvait pas qu'existent sur la terre des gens assez méchants pour faire des affaires de même. J'avais toutes les misères du monde à me remettre de la mort de Sam et j'avais celle de monsieur Cliche en plus et cette histoire pas possible. C'était triste à mort. Ça ne se pouvait pas aussi que mes deux amis soient morts. Ce furent mes vacances des fêtes.

Enfin! ces vacances, les plus tristes de ma vie, finissent aujourd'hui. Je suis heureux de retourner à mon pensionnat afin d'oublier Saint-Georges et ses malheurs.

Six mois ont passé. Je reprends à contrecœur le chemin de la Beauce. Je ne sais vraiment pas ce que je ferai de mes vacances d'été. Voilà que mon père, un peu malgré lui, vient me sortir de mes tristes pensées. Il dit qu'il est muté. Muté, ça veut dire changé de place. Nous partons pour Québec. De nouveau, les déménageurs font leur travail. La maison se vide. Me voilà au cimetière pour un dernier adieu à mes deux amis partis comme des oiseaux. Je cherche leur tombe. J'y dépose les fleurs que j'ai ramassées dans les champs. Je pleure longtemps là, tout seul. Je n'ai plus rien à faire dans la Beauce. Je m'en vais au plus vite. Je laisse derrière moi deux pierres tombales. La mort m'a pris mes deux meilleurs amis. Heureusement, c'est bien pour dire, ni elle ni personne ne pourra me voler mes merveilleux souvenirs.

Table des matières

1. Le déménagement. 9
2. La rencontre 17
3. La grand-mère. 31
4. Les premières expériences. 37
5. Un ami pour la vie 49
6. L'école, la langue française, etc. 61
7. Le kaléidoscope. 67
8. Les cadeaux de Samuel 71
9. La fête des Rois 75
10. La mi-carême 81
11. La cabane à sucre 87
12. La parade. 95
13. La punition 103
14. La débâcle 109
15. La drave 117
16. Le servant de messe 121
17. Trois expressions 127
18. Le pensionnaire 131
19. Calvase. 137

20. Le monde des oiseaux 145

21. Les longues-vues. 149

22. Une rumeur de pensionnat. 159

23. Le poème 163

24. Monsieur Cliche 171

25. La collection d'œufs d'oiseaux 177

26. En pleine nature 181

27. La partie de pêche 189

28. Les pierres semi-précieuses. 199

29. Le cerf-volant 209

30. Le complot. 221

31. La fin des vacances. 229

32. L'exil 239

33. Le retour 257

Suivez-nous

GARANT DES FORÊTS
INTACTES

Achevé d'imprimer en septembre 2011
sur les presses de l'imprimerie Lebonfon
Val-d'Or, Québec